KB148515

사람꽃이 피었습니다

사람꽃이 피었습니다

초판발행일 | 2015년 12월 24일

지은이 | 서한숙
펴낸곳 | 도서출판 황금알
펴낸이 | 金永馥

주간 | 김영탁
편집실장 | 조경숙
인쇄제작 | 칼라박스
주소 | 03088 서울시 종로구 이화장2길 29-3, 104호(동숭동, 청기와빌라2차)
물류센타(직송 · 반품) | 100-272 서울시 중구 필동2가 124-6 1F
전 화 | 02) 2275-9171
팩 스 | 02) 2275-9172
이메일 | tibet21@hanmail.net
홈페이지 | http://goldegg21.com
출판등록 | 2003년 03월 26일 (제300-2003-230호)

값은 뒤표지에 있습니다.

ISBN 979-11-86547-25-0-03810

*이 책은 거제시 문화예술진흥기금에서 발간비의 일부를 지원받았습니다.
*이 도서의 국립중앙도서관 출판예정도서목록(CIP)은 서지정보유통지원시스템 홈페이지(http://seoji.nl.go.kr)와 국가자료공동목록시스템(http://www.nl.go.kr/kolisnet)에서 이용하실 수 있습니다.(CIP제어번호: CIP2015035579)

사람꽃이 피었습니다

서한숙 수필집

황금알

서 문

길만 길이 아니었고, 꽃만 꽃이 아니었다. 사람이 길이었고, 사람이 꽃이었다. 꽃을 보다가 사람을 떠올리고, 사람을 보다가 꽃을 떠올렸다. '사람'과 '꽃'이 하나의 상(像)으로 맺히기까지 나는 숱한 밤을 뜬 눈으로 지새웠다. 길을 떠나고서야 나 스스로 '길'이라는 사실도 알았다.

길 위에서도 길을 떠나는 일이 잦았다. 떠나야만 보이는 사람이었다. 그 사람이 누구인지, 무엇하는 사람인지는 중요하지 않았다. 어떤 사람이든 사람과 사람 속에 숨어있는 인정(人情)의 향기를 사랑한 것이다. 내 수필 속 주인공을 불러들여 짬짬이 세상 엿보기를 하는 것도 사람의 향기가 아름답기 때문이다.

수필집 1부는 2000년대 초반까지 발표한 작품이고, 2부는 2000년대 초반 이후부터 최근까지 발표한 작품이다. 그리고 3부는 신문에 최근 발표한 칼럼을 엮은 것이다. 1부, 2부가 개인을 통한 세상 엿보기라면, 3부는 사회를 통한 세상 엿보기인 셈이다. 남겨진 작품들은 숙성의 과정을 거쳐 다음 수필집에서 선보이기로 한다.

수필쓰기의 진면목을 보여 주신 고동주 선생님과 문장가의 품격을 보여주신 홍신선 선생님께 깊이 감사를 드린다. 언제나 곁에서 응원하는 남편과 아이들에게도 고마움을 전한다.

2015. 12.

죽전(竹田) 서한숙

차례

제2부 사람꽃이 피었습니다

제3부 이유 있는 눈물

1부

길, 거제도로 가다

어린 날의 자화상

우물 안에서만 하늘을 찾던 시절이 있었다. 그때는 틈만 나면 우물로 달려가 얼굴을 파묻었다. 가만가만 내려다보이는 하늘이 신기해 눈을 크게 뜨고 바라보았다. 거기에는 나와 닮은꼴을 한 소녀가 살고 있었다. 그녀는 하늘빛을 품고서도 곧잘 훌쩍거리며 나를 올려다보았다. 그렇듯이 나도 훌쩍거리며 그녀를 내려다보았다. 우리의 하늘은 두 갈래로 흔들려 중심을 잡지 못할 때가 많았다. 새끼줄처럼 쫑쫑 땋은 내 머리가 흔들릴 때마다 그녀의 머리도 따라 흔들렸다. 급기야 나는 우물 안에 있는 하늘이 어쩔 수 없는 허상임을 알았다.

우물 바깥에는 시멘트 블록공장이 있었고, 우리 집은 그 가장자리에 놓여있었다. 햇살가득한 마루에서 어머니는 아침마다 내 머리를 두 갈래로 땋아주었다. 머리카락을 새끼줄처럼 단단히 꼬았던 터라 머리끝이 당기는 아픔을 나는 애써 참아야 했다. 야무지게 땋은 머리칼이 반짝일 때마다 좋아했던 어머니와 달리 나는 속울음을 삼켜야 했다. 머리가 당겨 견딜 수 없을 지경에는 왈칵 눈물을 쏟아내기도 했다. 그럴 때마다 어머니는 나를 달래지 못해 쩔쩔 매곤 했다. 고집불통으로 통했던 나는 한번 울면 끝장을 보는 성격이었다. 그러다보니 울음이 멈추기까지는 시간이 꽤 걸렸었다. 뒤늦게야 눈이 퉁퉁 부은 채 학교 길로 나서면서 나는 그것이 꼬여가는 인생임을 알았다.

등교시간이 임박해서야 가방을 둘러멘 나는 어김없이 뜀박질을 했다. 그래서인지 병정처럼 길게 늘어선 블록과 벽돌 사이로 멋쩍은 모습으로 지나칠 때가 많았다. 내가 찾던 우물은 블록공장 한쪽 귀퉁이에 놓여 있었다. 한번 찍어낸 블록이 마를 때마다 아저씨들은 물을 뿌리는 작업을 거듭하곤 했다. 여러 차례 물을 뿌려야 벽돌과 블록이 단단해지기 때문이었다. 그런 과정에서 우물가에 있던 두레박이 수시로 오르내렸지만, 그 소녀는 용케 걸려들지 않았다. 나에게만 보이고 다른 사람의 눈에는 보이지 않았던 것이다. 종내 나는 우물 안에 보이는 하늘이 허상인 것처럼 그녀 또한 허상임을 알았다.

여든 줄을 한참 넘긴 할머니는 습관처럼 긴 담뱃대를 입에 물고 있었다. 언제나 방문을 빠끔히 열어젖힌 채 벽돌과 블록으로 널브러진 마당을 살피곤 했었다. 움푹 팬 눈동자가 마당 구석구석을 훑어내릴 때면 모두 다 조심하는 눈치였다. 아버지보다 더 엄격한 잣대로 블록공장을 들여다보아서인지 할머니의 얼굴은 언제나 호랑이처럼 보였다. 할머니는 천리안을 지닌 사람처럼 방문을 닫고서도 누가, 무엇을 하는지 훤히 내다보았다. 그런 만큼 할머니의 눈빛은 보통 사람의 그것과는 분명 달랐다. 하지만 입만 열면 "지성이면 감천이다" 등등의 어려운 말들을 섞어서 하는 터라 말귀를 알아듣지 못한 나는 은근슬쩍 장난기를 보였다. 할머니가 사용한 말을 그대로 기억하고 흉내 내기를 일삼았던 것이다.

이런 나의 장난질에 화가 난 할머니는 화롯가에다 담뱃대를 톡톡 치면서 "저놈, 저놈!" 하면서 목청을 드높였다. 그럴 때면 나는 더욱 신이 난 얼굴로 "메롱"하면서 놀려대다가 어머니에게 들켜 야단을 맞기도 했다. 급기야 울음보가 터진 나는 무조건 달아나야 했다. 어머니를 피해 벽돌과 블록 담장 사이로 숨바꼭질하듯이 이리저리 오가면서 숨어야 했다. 내 키보다 한참 높은 벽돌, 블록들 틈새로 마구 비집고 다니곤 했다. 그래야만 직성이 풀렸던 것이다. 어쩌면 내 마음을 가라앉힐 수 있는 유일한 공간이었는지 모른다.

거기서 만난 우물 안에는 언제나 파란 하늘이 넘실거렸다. 그 사이로 흔들흔들하는 갈래머리 소녀도 보였다. 그녀는 한사코 나를 올려다보았다. 그렇듯이 나도 그녀를 내려다보았다. 아이러니하게도 우리는 닮은꼴을 하고서도 서로 다른 하늘을 바라보고 있었다. 우물 밖에 보이는 하늘을 내가 품고 있었다는 사실은 그로부터 한참이 지나고서야 알았다.

우물 바깥으로 빠져나오면서부터 나는 우물 속 세상은 깡그리 잊었다. 틈만 나면 만화방을 들락거리는 아이로 변해간 것이다. 만화 속 주인공인 양 착시현상에 빠져 다른 세상은 눈에 보이지 않았다. 연재만화로 이어지는 예고편은 나오기도 전에 상상력을 동원해 내 머릿속은 동화 같은 이야기로 뒤범벅이 되었다. 하굣길마다 가방을 멘 채 우리 집 대문을 지나 골목길로 빙빙 돌아서 갔던 것도 만화에 대한 유혹 때문이었다. 때로는 만화방에다 가방을 놓고 만화삼매경에 빠졌다가 어머니에게 들켜 혼이 나기도 했다. 그 때마다 어머니의 고함소리에 정신이 번쩍 든 나는 만화책을 후다닥 덮고 도망을 쳐야 했다.

그래서인지 집으로 가는 길은 언제나 더딘 발걸음이었다. 닥지닥지 예고편으로 둘러싸인 만화방을 거쳐 해거름에야 집을 찾았던 것이다. 골목길을 돌고 돌아 다시 돌아 나오다가 밤하늘의 별들이 우수수 쏟아질 때는 은하수를 노래하기도 했다. 그때 만화 속 주인공들은 모두 다 별처럼 반짝이고 있었다. 만화경 너머로 세상의 단면들을 보여주면서 한결같은 눈동자로 나를 유혹했다. 우물 안에서 방황하던 나에게 묘한 생명력을 불러일으켰음은 물론이다. 그로부터 나는 알록달록 꿈을 꾸는 아이로 변해갔다. 높푸른 하늘 속에 숨어 있는 수많은 별들이 가만가만 나를 품고 있다는 사실도 알았다. 그 하늘은 언제나 우물 밖에 있었다.

단골 사랑

뱃고동이 울린다. 자리에 앉기도 전에 배가 움직인다. 빈자리가 많이 있어 번호표와 상관없이 얼른 뒷자리로 다가선다. 심한 배멀미를 한 적이 있는 앞자리는 생각하기조차 싫다. 이런 나의 조바심을 아는지 바람이 슬그머니 돌아서 간다. 순풍에 돛을 단 듯 나아가는 뱃길이다.

창밖에 일렁이는 잔물결이 흐린 하늘 아래 파란 줄무늬를 그려간다. 포말 되어 부서지는 파도는 뱃길 따라 줄을 잇고, 그림처럼 앉아 놀던 갈매기는 배가 다가오는 낌새에 재빨리 날갯짓한다. 평화로운 정경이다. 불현듯 나는 그들과 함께 날고 싶어 숨고르기를 한다. 순간 꽉 쥐고 있던 검정 비닐 봉투가 손아귀에서 빠져나가 힘없이 나뒹군다. 그러고 보니 내가 배를 탈 때마다 거센 바람은 성난 파도를 몰고와 나를 움츠리게 했었다.

바다를 가로지르며 다가선 부산은 그리 먼 곳은 아니었다. 영도다리가 보이고 그 너머로 용두탑이 보였다. 여기저기 정박한 크고 작은 배들이 마치 나를 호위하듯 제 모습을 드러냈다. 50분이면 닿는 부산이라는 걸 내가 잠시 잊었던 모양이다.

배에서 내리자 빗방울이 후드득 떨어졌다. 잔뜩 흐린 하늘이 못내 속을 드러냈다. 허겁지겁 발걸음을 옮기는데 등 뒤에서 누군가 큰소리로 나에게 인사를 건넸다. 고개를 돌려보니, 웬 신사가 활짝 웃으며 우산을 씌워주었다. 어안이벙벙한 나는 어썰 줄을 몰랐다. 그러자 그는 도리어 고개를 갸웃거리며 당황하는 눈치였다. 그제야 누군지 알아차린 나는 얼른 화답했다.

“아, 아저씨! 모자를 벗은 모습이라 몰랐네요. 여긴 어쩐 일이세요?”

“병원에 볼일이 있어서요. 아주머니는 부산에 어쩐 일인가요?”

“저도 볼일이 있어서요.”

엉겁결에 나는 그의 우산 속으로 빨려 들어갔다. 내리치는 빗방울을 더는 피할 수가 없었다. 우산을 받쳐 든 그는 무엇이 좋은지 연신 싱글벙글한 표정이었다. 졸지에 우리는 우산 속의 연인이 되어 건널목을 지나 지하철 역사를 향해 나란히 걸어갔다.

그는 우리 동네 과일 장사 아저씨였고, 나는 그의 단골이었다. 우리는 친분이 꽤 두터웠다. 내가 과일을 살 때마다 덤으로 올려 주어서인지, 부엌창으로 바라보이는 얼굴이어서인지는 알 수 없다. 다만 내가 힘주어 말할 수 있는 것은 그의 상술이 프로였다는 점이다. 그는 비가 오나 눈이 오나 과일을 실은 트럭으로 사람들의 시선을 한 몸에 받았다. 가로등 불빛은 졸고 있어도 한결같이 깨어나 과일의 맛을 돋워 주곤 했었다.

그런 만큼 그의 과일 맛은 좋았다. 자부심 또한 보통이 아니었다. "맛이 없으면 공짜로 주겠다"는 말은 변하지 않는 그의 단골 메뉴였다. 나는 맛이 없을 때가 있었지만 한 번도 되물리지 않았다. 그 자리를 슬그머니 비켜 지나갔을 뿐이다. 그럼에도 그의 눈은 고객을 놓치는 법이 없었다. 저만치 멀어져간 나를 여지없이 불러 세워 웃는 낯으로 큰 소리로 인사를 건네곤 했다. 그럴 때마다 그에게로 발길을 돌린 나는 마치 아무 일도 없었던 것처럼 능청을 떨곤 했다. "아저씨의 과일은 역시 맛이 있다"는 말 또한 변함없는 나의 단골 메뉴였다.

그러던 어느 날 그가 보이지 않았다. 그가 머물던 자리에는 웬 젊은 사람이 과일을 팔고 있었다. 어떻게 된 것인지 궁금했지만, 그렇다고 물어볼 수는 없었다. 싱싱한 과일을 보면서도 그냥 지나쳐야 했다. 예전처럼 정감이 깃든 과일 맛을 찾을 수가 없었다. 매일같이 호객하던 그의 소리도 빨간 모자도 다 사라지고 없었다. 그런데도 나는 그 자리를 지나칠 때마다 그를 떠올리며 그리워했다. 그는 일흔을 넘긴 나이가 무색할 정도로 건강한 모습으로 과일 행상을 하던 할아버지였다.

그런 그를 부산에서 우연히 다시 만난 것이다. 그는 통근 치료를 받기 위해 일주일에 한 번씩 부산행 배를 탄다고 한다. 그 세월도 해를 넘겨 어느덧 고질병이 되어 삶의 의욕을 잃을 정도라는 것이다. 날품팔이 하루살이가 병원 가는 날이 너무 잦아 힘들다는 말도 덧붙였다.

굵어지던 빗줄기가 돌연 그의 얼굴빛을 흐리게 했다. 이런저런 이유로 그는 수십 년간 하던 과일 장사를 그만둘 수밖에 없었다. 과일의 속을 알 수 없어 더러는 상한 과일을 팔았다는 것이다. 그렇지만 싱싱하고 맛있는 과일을 팔기 위해 언제나 최선을 다했다고 덧붙였다. 그의 단골에게만큼은 좋은 과일을 안겨줄 수 있다는 자신감으로 하루하루를 연명했다는 게 아닌가.

빽빽이 들어선 빌딩 숲을 들어서자 그의 소리는 점차 힘을 잃어갔다. 큰 병원에 가기 위해 단벌 신사복을 말끔히 손질해 입었다고 하면서 멋쩍은 듯 머리를 긁적였다. 늘 쓰던 빨간 모자를 벗은 모습이어서 그저 멋있는 신사인 줄로만 알았는데, 그게 아니었다.

지하철이 오자 작별의 인사를 한 나는 말없이 돌아서 갔다. 창 너머로 그가 서 있는 모습이 보였다. 나도 몰래 그를 향해 손을 흔들었다. 그도 내게 그러했다. 그의 미소가 내 곁에서 점점 멀어져 갔다. 기약 없는 작별인지 모른다. 하지만 그를 잊을 수가 없다. 그의 과일 맛은 나에게 언제나 일품(一品)이었다.

봄날의 명상

오늘도 알람시계는 어김없이 울어댔다. 습관적으로 몸을 일으키는 내 모습에 주부의 그림자가 짙게 드리워진다. 남편과 아이들을 깨우고 아침상을 준비하는 일도 타성에 젖는다. 해돋이를 바라볼 겨를도 없이 바쁜 일상이 촌음을 달려간다.

돌아서면 늘 그랬듯이 한바탕 소동이 벌어진 느낌이다. 먼지를 이고 제멋대로 누워 있는 살림살이를 바라본다. 질서 잃은 모습을 한 그들, 고요 속의 침묵인가. 마치 아무 일도 없는 듯이 숨을 죽인다. 오늘도 어제처럼 나만을 바라고 있는 듯한 눈치이다.

전업 주부로 남아 있는 내 모습이 그들 속에 잘도 어우러진다. 나로 인해 생기가 돋을 것을 생각하니 가만히 있을 수가 없어 몸을 일으킨다. 텅 빈 공간 속에 함께 할 수 있다는 것만으로도 힘이 나는 모양이다.

삶의 쳇바퀴를 돌리듯이 이어지는 일상이다. 손길이 닿을 때마다 윤기나는 살림살이가 정겹다. 반복되는 굴레를 느끼면서도 돌아설 수가 없다. 우선 눈가림으로 하루라도 소홀히 하면 곧장 드러나는 살림살이이다. 게으른 근성이 나만의 자유를 부르짖기도 하지만 엉켜버린 실타래처럼 꼬여가는 하루를 견디지 못해 급기야 원점으로 향한다. 가정의 가운데 서 있는 자신을 확인한다.

모든 일에 가족을 위한 배려가 우선이다. 남편의 길에 포개어 살던 내가 아이들의 길에서도 포개고 산다. 그들의 길을 따라가면서 이기심을 버린 지 오래이다. 그들이 기뻐하면 함께 기뻐하고, 슬퍼하면 함께 슬퍼한다. 반복되는 일상에 젖은 사람 마냥 가족의 요구사항을 잘 꿰뚫는다. 표정만 보고서도 그들의 생각을 알 수 있다. 엄마를 해결사로 믿는 아이들과 아내를 친구처럼 믿는 남편의 그림자가 되어 살아감이 싫지 않다. 종일 햇살 아래 맴도는 그림자로 살아간다.

그러나 그림자의 일상만으로는 만족할 수 없는 모습이다. 그 속에 정작 자신의 모습은 보이지 않는다. 내 속에 내가 보이지 않는데도 슬픈 기색이 아니다. 가는 세월을 종잡을 수 없음인지 불혹의 단을 밟고서도 무표정한 얼굴이다. 지난날의 제 모습을 찾을 수가 없다. 희미하게 보이던 형상마저도 사라져 간다.

급변하는 현실 앞에 방향키를 잃은 채 우두커니 나앉았다. 정녕 하고 싶은 일이 있어도 할 수 없어 아스라한 느낌이다. 저 혼자서는 설 수 없어 하늘바라기를 한다. 막다른 길에 놓인 것 같아 뒤돌아보지만 돌아설 곳이 없다. 일상에서의 일탈을 위해 두리번거린다. 길 위에서도 길을 찾는 꼴이다.

가물가물 멀어져간 오솔길이 내 안에서 커져간다. 바라보고만 있기에는 못내 아쉬운 길이다. 다시금 봄날이 오려는지 불혹에도 여린 감성을 자아낸다. 빛바랜 형상 하나를 붙들고 명상에 잠긴다.

이제껏 내가 걸어온 길은 누구나 갈 수 있는 길이다. 나는 이 길을 사랑한다. 그렇지만 주부로서의 이 길을, 이 길만을 원하지 않는다. 가족을 통해 찾을 수 있는 내 모습이 싫어서가 아니라 진정으로 나를 표출할 수 있는 나만의 길을 찾고 싶어서이다. 주부로서의 이 길과 더불어 내가 갈 길이 있다면 분명 찾아야 할 길이다. 생각의 골이 깊어지는 봄날이다.

해후(邂逅)

컴퓨터를 켤 때마다 나는 습관처럼 편지함을 들여다본다. 광고물에 대한 공지 사항이 대부분이지만 일상처럼 메일을 확인한다. 수신처만 보고 내용을 읽지 않을 때도 있다. 그렇지만 막연한 기대감은 언제나 나를 인터넷 세상으로 들어가게 한다. 그날도 마찬가지의 심정으로 메일을 확인했다. 이게 웬일인가. 뜻밖에도 편지함에는 한동안 잊고 살았던 소꿉친구의 이름자가 들어 있었다.

"한숙아. 학교에 가자."

첫마디는 그렇게 시작되었다. 코흘리개 시절, 아침이면 대문간에서 들려오던 친구의 목소리가 아니던가. 숱한 세월 속에 그리움의 긴 사슬을 온통 풀어헤친 듯한 느낌이었다. 그래서일까. 나는 인터넷 세상이라는 사실을 잊어야 했다. 친구를 맞이하러 얼른 빗장을 열고 마중을 나갔다.

"그래, 00야. 학교에 가자."

릴레이하는 아이처럼 나는 숨 가쁘게 회답했다. 키보드를 두드리는 손끝이 마냥 떨렸다. 거침없이 내달리는 마음 탓인지 더디기만 한 손놀림이었다. 그렇지만 나는 글줄을 길게 이어나갔다. 봇물 터지듯 쏟아지는 내 안의 그리움을 막을 길이 없어 컴퓨터 앞으로 바싹 다가앉았다. 소꿉친구인 그녀가 내 가슴 깊숙이 들어온 것이다.

15년 전인가 부산에서 모 일간지를 통해 남강변의 풍경이 담긴 글을 본 적이 있었다. 고향의 체취가 듬뿍 묻어나는 글인지라 짧은 내용임에도 한참을 읽었다. 글쓴이가 소꿉친구의 이름과 같다는 사실은 나중에야 알았다. 연락처를 알아낸 나는 부랴부랴 전화를 걸었다.

하지만 나는 글쓴이가 소꿉친구임을 확인하고서도 다른 이야기는 할 수가 없었다. 다시 전화하겠다는 말을 남긴 채 바쁜 듯이 전화를 끊어 버린 그녀였다. 그날 이후 그녀는 한 번도 나에게 전화를 하지 않았다. 무심코 짓밟힌 자존심으로 나는 한동안 앓아야 했다. 알 수 없는 공허감으로 급기야 그녀를 내 안에서 잊어야 했다.

그렇게 한동안 잊었던 그녀가 '동창 찾기 사이트'를 통해 나에게 편지를 보낸 것이다. 잊고 싶다고 해서 잊을 수 있는 친구는 아니었던 모양이다. 그녀는 내 어린 날의 추억을 고스란히 안고 있는 둘도 없는 친구였다. 망각으로 물든 세월도 부질없는 세월인지 나는 오직 반가운 마음뿐이었다.

소꿉친구인 그녀와의 만남이 시작되자 내 어린 날의 기억은 나날이 새로워졌다. 도란거리면서 학교 가던 일, 우리집 다락방에서 구구단을 외던 일 등이 엊그제 일인 양 새록새록 되살아났다. 추억 속에 물든 날들이라는 게 믿어지지 않을 정도로 쏜살같이 역류하는 세월이었다. 인터넷 세상을 하나로 엮어 서로 손을 맞잡았다. 코흘리개 시절로 거침없이 달려가 담장 하나를 사이에 두고 오가던 지난날들을 떠올렸다. 예전과는 달리 거제, 대구로 멀리 떨어져 사는 우리는 인터넷을 통해서라도 허물없이 만나야 했다. 단절된 세월의 끈을 동여매고 지난날의 아린 마음도 죄다 벗어 버렸다. 그녀와 나만의 은밀한 공간, 인테넷 세상에서의 만남이 시작된 것이다.

그녀는 부친의 갑작스러운 사업 실패로 온 세상이 캄캄했다고 털어놓았다. 암울했던 대학 시절이어서 그런 모습을 누구에게도 보이고 싶지 않았다고 했다. 지난날 그녀가 나에게 연락을 하지 못한 것도 그런 이유였다고 토로했다.

아이러니하게도 그녀의 긴 넋두리는 그녀만의 이야기가 아니었다. 내 아버지도 그랬었기 때문이다. 나 또한 그런 상황에 놓여 암울했던 날들의 연속이었다. 그렇듯이 우리는 많이 닮아 있었다. 보통 인연이 아니었던 모양이다. 어릴 때 즐겨 부르던 교가처럼 우리는 "뒤에 솟은 비봉산이 백두산 줄기"여서 분명 한줄기로 다시 만났을 것이다.

오늘은 소꿉친구에게 30년 만에 내 모습을 보이는 날이다. 인터넷 세상에서 벗어나 실물을 공개하기로 한 것이다. 메일을 통해 속마음을 다 보였는데도 화장하는 시간이 너무 길다. 30년 만의 만남이어선지 분을 바르는 손길이 예사롭지가 않다. 입술색도 자연히 짙어진다. 예쁘게 보이고 싶은 마음으로 자꾸만 덧칠한다. 옷장을 열어 이 옷 저 옷 걸쳐본다. 마치 패션쇼를 하듯 바쁘게 움직인다. 거울도 덩달아 바빠진다. 약속 시간은 다가오는데, 옷차림을 위한 연출은 좀체 끝나지 않는다. 아무리 바꿔 입어도 내키지 않는 마음이다. 급기야 청바지에다 티셔츠 하나 달랑 걸치고 총총걸음으로 집을 나선다.

행복찾기

창밖에는 초록의 향연이 한창이다. 푸른빛으로 물든 계룡산이 온몸으로 노래하고 있다. 마치 내가 마치 산위에 오른 느낌이다. 고층 아파트라는 사실을 잊고 자연과 더불어 숨을 쉰다. 도로변 아파트라 소음이 심하지만 산바람이 좋아 습관처럼 창을 연다. 한여름에도 인공 바람을 접고 골바람을 맞는다. 골바람이 깊어질수록 또 다른 계절을 맛볼 수가 있다. 한겨울에 이사하여 봄을 지나 여름이니, 가을이 오는 것도 자연의 섭리이다.

마주하는 푸른 산 아래로 펼쳐진 들판을 정원처럼 누리며 산다. 크고 작은 화분으로나마 아파트의 단조로움을 벗어나고 싶었던 지난날이 무색할 정도로 넓은 정원이다. 마음의 평정을 되찾아서인지 바라만 보아도 포근하다.

수년 전의 일이 떠오른다. 거제도로 다시 이사를 한 나는 남편하고 집 문제로 옥신각신한 적이 있다. 잠시 머물 것이라는 생각으로 집을 사고 싶지 않았던 나와 달리 남편은 반드시 사야겠다고 했다. 그는 내 집에서 온 가족이 건강하게 사는 것을 중요하게 여겼다. 할 수 없이 나는 물러서야 했다. 보이는 것에 급급했던 터라 선뜻 내키지 않았으나 보이지 않는 것에 대한 가치를 인정하고 이를 받아들였다.

아파트 분양 사무소를 찾아다녔다. 입지 조건이 맞는 아파트를 찾기란 쉽지 않았다. 남향에다 베란다가 확 트인 아파트는 이미 분양이 된 상태였다. 그렇다고 다른 것을 선택할 수도 없는 막막함 속에서 우연히 한 아파트에서 발걸음을 멈추었다. 앞 동이 살짝 비켜난 집의 투시도를 바라보고, 살짝 트인 전망이 산으로 둘러싸여 묘한 매력을 느낀 것이다. 앞뒤 가릴 겨를이 없었다. 베란다의 전망이 늘 가려진 곳에 살았던 나는 미분양 아파트의 잔여 세대 가운데서도 이런 전망치가 남아 있음이 행운으로 여겨졌다. 서둘러 계약을 했다.

그러나 예정된 입주일이 다가오는데도 아파트 공사의 진척도는 보이지 않았다. 우려했던 일들이 현실로 드러난 것이다. 입주 예정일을 몇 개월 앞둔 상황이어서 문제가 없을 줄로 알았다. 그런데 부도가 난 것이다. 엎친 데 덮친 격인지 IMF란 용어가 간간이 매스컴을 타고 내리더니 우리 사회에 불시착을 했다. 기약 없는 부도 사태를 맞은 셈이다.

세월이 흘러갔다. 한 치 앞이 보이지 않아 나는 뒷걸음질을 해야 했다. 덧없는 세월속에 난데없이 들이닥친 IMF를 받아들여야 했다. '나'만이 아닌 '우리'로 뭉쳐지는 시대적 변화에 적응하면서 '우리'는 모두 한배를 탔다. 금융위기 시대가 저마다의 가슴에 지울 수 없는 멍울로 남은 것이다. 그로부터 2년여 세월이 지나고서야 입주 통지서를 받았다.

하지만 기쁨은 잠시였다. IMF의 여파로 집주인이 빚보증으로 곤경에 처한 것이다. 전세금을 받지 못한 나는 이사 일정을 잡고도 세 번이나 입주를 미루었다. 이사 준비를 하고서도 전세금을 받지 못해 그 집을 떠날 수가 없었다. 그런 사정을 알 리 없는 아이들은 새집에서 살고 싶다고 매일같이 나를 졸라댔다.

급기야 입주를 했다. 마치 먼 하늘의 별을 딴 느낌이었다. 아파트에서 바라보이는 하늘은 그리 멀지 않았다. 눈앞에서 나를 환히 내려다보고 있었다. 마주 보이는 계룡산은 섬 위에 놓인 내가 믿어지지 않을 정도로 높았다. 세 개의 봉우리가 하늘과 맞닿아 용틀임하는 가운데 구름기둥은 산허리를 떠받쳤다. 찬 서리에도 벗은 몸을 하고서 전혀 흐트러짐 없는 계룡산이었다. 정남향이라 겨우내 거실 안이 햇살로 넘쳐나면서 내 가슴속 깊숙이 들어왔다.

오랜 속박에서 벗어나 바라만 보아도 포근하다. 행복의 포물선이 닻을 내려 가까이 와 닿는다. 행복은 멀리 있는 것이 아니었다.

진실 게임

운동회가 열린다. 만국기가 펄럭이는 초등학교 운동장이 여느 때보다 활기차다. 낮은 울타리로 들어서는 순간 나는 어른이라는 사실을 잊는다. 청군 백군으로 나누어져 목놓아 응원하는 아이들과 함께 동심으로 돌아간다. 예나 지금이나 마찬가지의 함성이 들려온다.

큰아이는 청군, 작은 아이는 백군이다. 집을 나서기 전부터 들뜬 모습으로 실랑이를 벌이던 아이들이 점으로 남아 무리 속에 숨었다. 파란 무리 속에는 큰 아이가, 하얀 무리 속에는 작은 아이가 숨었다. 스탠드에 앉아 있는 나는 아이들을 찾는다. 점점이 모여 있는 아이들의 모습이 하나같이 똑같아 찾을 수가 없다. 모두가 내 아이와도 같아 청군이 환호성을 울리면 큰 아이를, 백군이 환호성을 울리면 작은 아이를 떠올리며 덩달아 환호성을 울린다.

그러는 가운데 눈앞에는 피구 경기가 벌어졌다. 상대 팀이 던진 공을 맞으면 아웃이 되는 경기다. 공을 맞을 때마다 심판의 호루라기 소리가 들리면 아웃을 당한 아이들은 이내 선 밖으로 나가야 한다. 그렇지만 한 아이는 호루라기 소리가 없었는데도 아웃인 양 선 밖으로 물러났다. 심판이 들어오라고 해도 한사코 이를 마다하는 것이었다. 상대 팀이 던진 공에 맞았으니, 저 스스로 아웃을 선언한 것이다. 심판을 속일 수는 있었지만 자기 자신만은 속일 수 없었던 아이였다.

불현듯 한 청문회가 떠올랐다. IMF 시대를 맞은 국민들에게는 상상하기조차 힘든 '옷 로비 의혹 사건'이다. 이는 수천만 원대의 옷값 대납 사건으로 번져가면서 주목을 받았다. 나는 생방송으로 거듭되는 청문회를 보기 위해 텔레비전 앞에 바짝 다가섰다.

국회의원은 질의자이고, 고관 부인들은 증인이다. 진위를 가려내기 위한 대질 심문이 시작되자 물고 물리는 상황이 숨 가쁘게 이어졌다. 말 한 마디에 모든 것을 잃을 수가 있는 지경에 놓인 증인이었다.

아이러니하게도 질의자는 준비한 서류를 보면서 심문을 하고, 증인들은 한결같이 그런 말을 한 적이 없다고 했다. 기억할 수 있는 일조차도 '모른다'고 해야 하는 터였다. 그러다 보니 수천만 원짜리의 문제의 밍크코트 가격도, 고관 부인들이 즐겨 찾는 의상실의 옷 가격도 자연히 낮아졌다. 사지도 않은 옷을 고관 부인이 차 트렁크에 넣었다고 주장한 의상실 주인의 말도, 옷이 골방에 방치돼 전혀 몰랐다고 한 고관 부인의 말도 합리화될 수밖에 없었다.

증인들은 살아온 경륜만큼이나 그들 자신을 지키는 방법이 달랐다. 연신 물을 들이켜며 억울해하는 증인이 있는가 하면, 위엄을 지키며 기세당당한 증인도 있었다. 무엇을 가려내기 위함인지 알 수 없을 정도로 그들의 진실은 찾을 길이 없었다. 간간이 나오는 상업 광고가 더 진실한 느낌이었다.

질의자로 나온 국회의원은 심문을 중단하고 증인들의 양심을 향해 호소한다고 했다. 진위를 가려내는 일이 너무 힘들어 질문할 필요조차 없다는 것이다. 말을 하면 할수록 알 수 없는 '진실'이라는 것이다. 이를 지켜본 나도 마찬가지였다. IMF 시대를 살아가는 사람은 그들이 아니었다. 참을 '참', 거짓을 '거짓'이라고 할 수 없는 세상이었다. 계속해서 나는 그들의 소리에 귀를 기울였지만 증인들의 답변은 한결같았다.

"그런 말을 한 적이 없습니다."

정말 그런 것일까. '모르쇠'로 일관한 증인들의 답변 속에 정작 흔들린 사람은 나였다. '절대로'를 머리말로 붙이면서까지 강조하는 눈빛 속에 감추어진 진실은 보이지 않았다. 애당초 진실 게임은 성립될 수 없었던 모양이다.

나는 더 이상 그들의 소리에 귀를 기울이지 않았다. 진실이라고 외치는 증인들의 소리가 허공 속으로 메아리쳤다. 진위를 가려내기 원하는 바람과는 달리 사건의 단서가 될 수 있는 '말 한 마디'가 일찌감치 꼬리를 감춘 것이다. 그 말 한 마디가 눈덩이처럼 불어나 세상을 흐리는데도 세상에는 그런 적이 없는 사람들만 있었다. '그런 적이 없다'는 증인, '그런 적이 있다'는 질의자, 그리고 이를 지켜본 우리는 모두 승산 없는 게임을 한 것이다.

운동회의 열기 속에 아이들은 여전히 지칠 줄을 모른다. 앞서거니 뒤서거니 하면서도 곧게 뻗어나간다. 땀으로 얼룩진 얼굴들이 환하게 웃고 있다. 가을 하늘 아래 꿈을 향해 달려가는 눈동자들이 만국기처럼 펄럭인다.

청백으로 나누어진 아이들의 승패가 드러났다. 줄다리기로 마무리한 아이들의 힘겨루기는 정정당당했다. 나 혼자만 이기기 위함이 아닌 우리 모두가 이겨야 한다는 마음으로 똘똘 뭉친 경기였다. 승리의 환호성도 패배의 아쉬움도 한데 뭉쳤다. 마지막까지 최선을 다한 운동회는 모두가 승리자였다. 땀으로 얼룩진 운동회는 거짓말을 하지 않았다. 그만큼 아이들 세상은 힘이 있었다.

둥지 밖에서

얼마나 달렸을까. 일행 중에 앞서가던 차가 멈추더니 비상등을 깜박인다. 서로 다른 길로 떠나야 하는 아쉬움이 갈림길에서 다시 만났다. 부모님과 자식들이 제각기 길을 달리하며 손을 흔든다. 차창 사이로 내민 고개마다 아쉬운 기색이 역력하다. 경주를 벗어나는 길목에서 차는 좀처럼 떠날 줄을 모른다.

결혼한 3남 1녀의 자식들이 부모님의 둥지 안에서 모여 살기란 쉽지가 않다. 직장으로 인해 서울, 거제, 부산으로 떨어져 살아야 했다. 전국이 1일 생활권인데도 자주 만나지 못하고 있다. 정을 나누기보다는 잊고 살 때가 대부분이다. 가끔 전화로 정을 나누지만 그마저 용건이 없을 때는 남남처럼 살아간다. 그러다가 명절이나 집안 행사가 있을 때에만 가족인 양 모여든다.

오늘처럼 낯선 경주에서 가족이 다 만난 것도 아버님의 생신이 있었기 때문이다. 집 안에서가 아닌 집 밖에서 벌인 잔치이다. 집 안에서의 잔치는 음식 잔치를 벗어날 수 없어 형식을 달리한 것이다.

마당도 없는 아파트에서 스무 명 남짓 대가족이 모여 즐기기엔 너무 좁았다. 그러다 보니 하릴없이 먹거리로 지새우다 돌아서야 했다. 마치 의무적으로 만난 사람들처럼 그저 그런 날의 반복이었다. 여기서 벗어나 시선을 살짝 돌려 여행길로 들어선 것이다.

외식 문화의 발달로 어디서나 손쉽게 잔치가 가능해 편리함을 추구했다. 급변하는 시대에 걸맞게 먹거리와 볼거리를 겸할 수 있는 길을 선택한 것이다. 어떤 고정관념을 떨친다는 것이 쉽지 않았으나 아직 젊은 느낌의 부모님이어서 가능한 일이었다.

그런 만큼 분위기도 사뭇 달랐다. 여느 때와는 달리 기다려지는 생신이었다. 이런 나를 유혹하듯 봄바람이 슬며시 꽃망울을 터뜨렸다. 아카시아 향기가 코끝을 스치더니 이내 가슴팍을 후벼댔다. 마주하는 얼굴마다 싱그러운 미소가 번져나는 가운데 간단한 옷가지들로 채워진 가방은 패션처럼 잘도 어우러졌다. 핑크빛 머플러로 멋을 낸 어머님과 배낭 차림새의 아버님은 젊은 연인처럼 보였다.

떡과 케이크를 가운데 놓고 콘도에서 온 가족이 둘러앉았다. 떡은 떡대로, 케이크는 케이크대로 그 나름의 의미가 있어 소중했다. 우리말과 외래어로 뒤섞인 생일 축하 노래 또한 삼대(三代)의 끈을 자연스레 이어주었다. 굳이 음식을 만들지 않아도 되는 것은 물론이고 시간의 여유마저 느껴졌다. 경주의 별미인 순두붓집에서의 식사는 그야말로 일품이었다.

너무 들떠서일까. 호숫가를 산책하다가 잘 닦인 자전거 도로를 그냥 지나칠 수가 없었다. 아이들을 핑계로 우리는 나란히 자전거를 탔다. 뒷전으로 나앉은 아버님인 줄도 모르고 부부끼리 쌩쌩 달려갔다. 다람쥐처럼 내달리던 아이들을 좇았지만 사실은 우리가 더 신이 났다. 큰며느리인 나 역시 불어오는 산들바람으로 목덜미가 휘감겨 눈이 멀어질 대로 멀어졌다. 앞만 보고 달리는 기분이 하도 좋아 흘러가는 시간이 도리어 야속하게 느껴졌다. 마치 젊음을 과시하듯 달려간 우리들이였다. 그러다가 자전거 대여 시간이 끝나고야 뒤돌아보니, 부모님의 얼굴에는 알 수 없는 그늘이 드리워졌다.

그 순간 "자전거는 역시 젊은 사람이 타야 어울리는 것 같다"라는 아버님의 목소리가 푸념처럼 들려왔다. 자전거를 타고 싶었지만 차마 그럴 수가 없었다는 게 아닌가. 거침없이 내달리는 젊은 기운에 떠밀려 어쩔 수 없이 뒤로 나앉았던 것이다.

그제야 느껴지는 아버님의 심정이었다. 아침나절, 뱃놀이하면서 좋아하던 주인공의 모습이란 찾을 수가 없었다. 살짝 웃는 눈빛 사이로 쓸쓸한 기운이 감돌았다. 가만히 앉았어도 지칠 수밖에 없었던 아버님이었다. 노을빛에 잠긴 당신은 지는 해를 가만가만 등지고 있었다. 붉게 물든 호수에 감탄하면서 연신 탄성을 질렀던 우리와는 전혀 다른 입장이었다.

그러고 보니, 아버님의 생신을 빌미로 즐긴 것은 정작 우리들 자신이었다. 땀에 흥건한 내 모습이 부끄러워 더는 시선을 마주할 수가 없었다. 가슴 찡하니 울리는 그 소리에 멈칫하고 뒤돌아섰다. 겉치레로 급급한 일상 속에 효(孝)에 대한 의미는 찾을 길이 없었다.

편리함을 추구한다는 건 애당초 명분에 불과했는지 모른다. 먹거리와 볼거리를 겸한 생신 잔치 또한 결국은 우리 자신을 위한 방편이었다. 젊은 기운에 떠밀려 주인공은 한사코 뒤로 나앉았던 잔치였다. 그럼에도 불구하고 차는 다시 경주를 떠나 갈림길에서 비상등을 깜빡인다. 뒤늦게야 들리는 회한의 소리로 나는 점멸하는 불빛을 온몸으로 삭인다.

유리벽 사이로

침묵을 헤집고 나오는 소리에 놀라 고개를 든다. 빗방울이 후드득 벽을 두드린다. 한동안 기다렸던 소리이다. 투명하던 유리벽이 흐려진다. 진실을 말해도 거짓 같고, 거짓을 말해도 진실 같은 하늘 아래 빗방울이 유리벽에 부딪쳐 소리를 낸다. 벽이 흔들린다.

수년간 지척에서 맴돌던 친구가 내 곁을 떠나갔다. 남편의 직장 동료 부인으로 처음 만난 우리는 편하고도 불편한 사이였다. 서로 비슷해 감출 게 없어 편안했다면, 너무 잘 알고 있어 불편했다. 그래서인지 친하면서도 말조심을 해야 했다.

어정쩡한 만남 속에 우리는 개운하지 못할 때가 많았다. 그런 만남이 싫어 애써 멀어지려 한 적도 있었지만, 그렇다고 멀어지는 것도 아니었다.

그런 가운데 오늘은 그녀가 거제도를 떠난 것이다. 기약 없는 이별은 아닌데도 아쉬운 마음을 금할 길이 없다. 돌아다보니, 그녀가 남기고 간 자리는 매듭수 일색이다. 이어질 것 같으면서도 끊어지고, 끊어질 것 같으면서도 이어진 매듭이 대부분이다. 한편으로는 아스라한 느낌마저 든다. 그중에서도 마지막으로 생겨난 매듭수는 더욱 그러하다.

돌아다보니 지난해 겨울에 나는 한동안 그녀와 연락을 하지 않았다. 그녀에게 전화를 걸지도 않았을뿐더러 걸려온 전화조차 받지 않았다. 이런 나를 의아해한 그녀가 거듭해 문자를 남겼다. 그렇지만 나는 답장을 하지 않았다. 그녀가 싫어서가 아니라 우리끼리 나눈 이야기가 그녀를 통해 그녀의 남편을 거쳐 내 남편에게까지 알려져 걷잡을 수 없는 상처로 이어진 것이다.

언짢은 나머지 그녀에게 따진 적도 있다. 그러나 서로의 견해 차이만 커져 갔을 뿐이다. 내가 내 남편의 대변인이 되듯이 그녀 또한 그녀 남편의 충실한 대변인으로 존재해야 했다. 더 이상 왈가왈부할 수 없었다. 너와 나만이 아닌 가족까지도 껴안아야 유지될 수 있는 복잡한 친구 사이였다.

이로 인한 갈등은 쉽게 해결되지가 않았다. 어쩔 수 없는 일로 여기면서도 시간이 흐를수록 응어리 커져갔다. 그러므로 나는 겨우내 그녀가 남긴 문자 메시지에 답장을 하지 않았다.

그러던 어느 봄날, 나는 다시 그녀가 보낸 문자 메시지를 받았다. 통화를 꼭 하고 싶다고 하는터라 곧바로 전화를 걸었다. 그녀는 그동안 몇 번이나 전화 메시지를 남겼다고 하면서 볼멘소리를 했다. 이를 모르는 척한 나는 말머리를 돌려버렸다. 지나고 나면 아무 일도 아닌 것이 그때는 너무 힘든 일이었다.

이제는 이도저도 다 부질없는 일이다. 지척에서 살던 그녀가 이곳을 떠나 멀리 이사를 한다는 게 아닌가. 우리는 안갯길에도 굳이 바다가 내려다보이는 찻집으로 향했다. 긴 아쉬움을 뒤로 한 채 하염없이 해안도로를 달렸다. 가도가도 막막한 안갯길에 놓여 안개등을 켜고 달려야 했다. 언덕배기를 돌아내려 찻집에 내려서자 안개가 걷히고 파란 하늘이 열렸다. 닻을 내린 배가 보이고 춤추는 갈매기가 보였다. 저만치 포말처럼 부서지는 파도도 보였다.

마치 한 폭의 그림 같은 곳을 우리는 자갈 밟는 소리를 뒤로 한 채 걸었다. 찻집을 눈앞에 두고서도 한참을 떠돌았다. 자갈자갈거리는 소리를 죄다 가슴에 담고 싶었는지 모른다. 우둘투둘한 자갈길이 되어 돌던 지난 날들이 썰물처럼 사라져 갔다. 파도소리에 제소리를 잃은 줄도 모르고 그렇게 한참을 걸어야 했다.

바다가 한눈에 내려다보이는 통유리 앞에 마주 앉았다. 작별의 긴 아쉬움이 수평선을 넘어 파도를 타고 넘실거렸다. 한 치 앞을 내다보지 못한 지난 세월이 잔물결로 이어졌다. 예전에는 할 말이 없어 침묵했다면 오늘은 할 말이 너무 많아 침묵했다. 표정 있는 만남을 위해 가슴을 열었지만 유리벽을 사이에 두고 우리는 할 말을 잃고 있었다. 익숙해진 만남의 틀을 어찌하지 못한 채 저마다 벽을 감싸야 했다.

식은 찻잔이 못내 아쉬움을 더한다. 뜨거울 때는 뜨겁다고 하더니, 식은 찻잔을 들고 이렇듯 향을 그리워하는 것인가. 그녀가 떠나고 난 빈자리가 너무 크다.

벽을 사이에 두고서도 투명하다고 한다. 만날 때마다 벽을 느끼면서도 그저 바라만 본다. 상대방의 벽이 투명할수록 자신의 벽은 더욱 갈고 닦는다. 유리벽에 떨어진 빗방울이 투명한 빛을 잃는다. 흐린 빛으로 소리를 낸다. 가까이 다가가 손바닥을 댄다. 차가운 유리벽에 손자국이 드러나 온기 하나로 다가온다. 벽을 두드린다. 흐린 하늘이 흔들리자 벽도 따라 흐느낀다.

그날의 삽화

거제대교를 건너간다. 굵은 빗줄기가 눈앞을 흐리지만 길에 익숙한 모습으로 나는 단숨에 달려간다. 앞서가는 차의 불빛을 가슴으로 싸안고 통영 길로 들어선다. 어둠 속에서도 환해지던 길이 비에 젖은 모습으로 나를 반긴다.

우연히 찾은 곳이 둥지로 남아 내 속에 잠든 의식을 일깨운다. 그곳에는 글을 쓰고 싶은 사람이면 누구나 드나들 수가 있다. 바쁜 일상 속에서도 함께 모인 사람들이 수필의 장을 열어간다. 우리네 진솔한 삶의 이야기가 모여 긴 여운을 남긴다.

목요일마다 찾던 발걸음이 습관처럼 이어진다. 낯선 얼굴도 정겨움을 더하면서 마주칠 때마다 소리를 낸다. 켜켜이 쌓은 정을 글줄로 풀어내는 사람들이 한데 어우러져 어둠을 밝힌다. 물을 마시고도 타는 목마름을 어찌하지 못한 채 가슴 깊이 샘을 판다. 가르치는 사람도 가르침을 받는 사람도 한껏 자세를 낮춘다. 그속에는 인생의 축소판과 같은 이야기가 펼쳐진다.

더 이상 채울 수 없는 허울 속에 다시 찾은 진실인가. 화롯가에 앉은 사람들이 발갛게 달아오른다. 마치는 시간이 지났는데도 불은 좀처럼 꺼지지 않는다. 밤을 잊은 사람들의 못다 피운 불씨가 열정의 꽃으로 피어나는 순간이다. 그들과 동행한 나는 밤하늘의 별빛을 죄다 삼켜야 한다. 불씨 하나 피우기가 여간 힘든 일이 아니다.

글을 쓴다는 것은 마음을 비우는 일이다. 무엇을 쓸 것인가. 무엇을 비울 것인가. 비우지 않고서는 한 줄의 글도 쓸 수가 없다. 글을 쓰면서도 차오르는 욕심 때문에 글을 버려야 하는 일이 허다하다.

그래서일까. 버리지 못하고 움켜쥔 날들이 백미러 속에서 저만치 멀어져간다. 미세한 바람결에도 흔들리는 풀잎 소리를 붙들려고 다시 거제대교를 건넌다. 행여 늦어지면 마음속에 지는 그리움이 될까 봐 어둠 속에서도 단숨에 내달린다.

그곳에는 수필 같은 이야기가 살아 있다. 한 편의 이야기로 형상화된 사람도 있고, 꺼지지 않는 불씨 하나 간직한 사람도 있다. 이들은 파도소리에 귀를 기울이는 사람들이다. 드넓은 바다를 가슴에 품고 사는 사람들이다. 때로는 연어처럼 강물을 거슬러 올라가기도 한다. 그런 그들을 만나려고 나는 거친 물살을 헤집고 통영길로 달린다. 벌써 15년 전의 이야기이다.

길, 거제도로 가다

누가 거제도를 섬이라고 했던가. 외따로운 섬[島], 유배지로서의 이미지는 아득한 옛이야기로 돌려야 한다. 섬이라고 하기엔 거제 사람들의 생활상이 고립되지 않고 사뭇 역동적이다. 한가로이 떠도는 섬이 아니라 제 스스로 길이 되어 움직이고 있다.

인근 통영시를 잇는 거제대교(巨濟大橋)가 생긴 지도 40여 년이니, 그리 놀랄 일만은 아니다. 여기저기 연결된 다리가 길이 되어 움직이는 가운데 전국이 하루 생활권으로 변한 지도 오래이다. 하늘, 땅, 바닷길 모두 열려 사통팔달 열린 도시로 부상하고 있다. 세계적인 조선 해양 · 관광 도시로서의 면모를 자랑하며 사람들을 불러들인다. 여기에다 세계 최대 해저 터널을 자랑하는 거가대교(巨加大橋)까지 생겨나 부산 길을 하나로 이었으니, 탄탄대로임이 분명하다.

신라 문무왕 때 거제도의 지명은 '상군(裳郡)'이라 불렸다. 여기에 쓰인 '치마 상(裳)'자는 치마처럼 펼쳐진 거제도의 지형을 떠올리며 모성적 포용력을 가진다. 이후, 경덕왕 때 개명되어 오늘날의 '거제(巨濟)'로 바뀌었는데, 이 또한 '클 거(巨)'와 '구할 제(濟)'자로 하나의 큰 포용력을 의미한다. 크게 구하는 섬, 거제도이다.

예컨대 임진왜란 때에는 옥포만이 이충무공의 첫 승첩지로서 구국의 의미를 더했으며, 6 · 25 전쟁 때에는 고현지역 360만 평을 포로수용소로 제공해 수많은 포로의 목숨을 구제했다. 1 · 4후퇴 때에는 거제도가 피난처가 되어 흥남철수작전으로 떠밀려온 피난민들을 품어주었다. 당시 10만 명에 불과한 거제도가 피난민과 전쟁 포로 등 무려 30만 명이 넘는 목숨을 구제한 사실은 '거제(巨濟)'가 품은 지명의 뜻과 무관하지 않다.

그것뿐이랴. IMF 때에는 양대 조선소인 삼성중공업과 대우조선해양이 호황기를 맞아 수많은 실업자를 구제하여 지역 경제와 국가 경제를 극복하는 단초가 됐다. 여기에다 둔덕기성(폐왕성)은 고려 의왕이 거처할 수 있는 터를 제공해 유배 문학의 산실(産室)이 되고 있다. 예나 지금이나 '거제(巨濟)'가 품고 있는 포용력은 무궁무진하다. 길을 잃은 사람마다 거제도에 와서 길을 찾는 것도 이와 무관하지 않을 것이다.

고향이든 아니든 여기서 20년 이상 거제살이를 한 나는 더욱 그러하다. 거제도가 한낱 환상의 섬만은 아니었다. 섬이 지닌 원심력에 힘입어 길이 되어 움직인 것이다. 배우기 위해 때로는 부산, 때로는 서울로 내달려야 했다. 그런 만큼 나의 길은 언제나 바깥으로 뻗쳐 있었다.

그래서일까. 저 스스로 길이 되어 움직이면서 '거제 사람'으로 거듭나고 있다. 거제 토박이는 물론, 조선소의 산역사인 근로자와 함께 살아가는 사람들이 '거제인'인즉, 오랜 세월 조선소에서 일하는 남편과 동고동락하는 내가 바로 거제 사람인 것이다.

돌이켜보니, 내 기억 속의 거제도는 지도에서나 찾아볼 수 있을 정도로 작은 섬이었다. 우리나라에서 두 번째로 큰 섬이라는 것은 남편의 직장을 따라 이사하면서 알게 되었다. 꼬불꼬불 산길을 넘고 또 넘어서야 닿을 수 있는 섬이었다. 차창 밖으로 보이는 비탈길이 가도가도 바다와 맞닿아 있어 한편으론 신기했다. 통영을 지나 거제대교를 건너고 산중턱을 돌고 돌아 한참을 지나고 조선소가 보였다. 집채보다 더 큰 배가 보이고 운동장이 보이고, 그 너머로 군데군데 나지막한 아파트가 보였다.

울울창창한 나무들로 둘러싸인 아파트 단지는 자연미가 물씬 풍겼다. 입구마다 진을 치는 자전거와 오토바이는 다른 지역에선 보기 드문 진풍경으로 그것이 거제도 사람들이 주로 이용하는 교통 수단임을 알렸다. 이삿짐을 정리하고 베란다를 바라보니, 홍조 띤 동백

열매가 보였고, 노랗게 익어가는 모과와 매실도 보였다. 그 옆에는 황금빛으로 물든 은행나무 밑에서 은행을 줍는 사람들의 여문 손길이 보였다. 그 너머로 자전거를 타고 가는 아낙네의 활기찬 모습들은 그것이 이미 오래된 풍경임을 말하듯 자연스러웠다.

그날로부터 나는 거제도에서 살았다. 그렇지만 정붙이기는 쉽지 않았다. 거제에서 한두 해만 살고 남편이 ㄷ시에서 근무하는 조건으로 이사 온 것이다. 그러다 보니 서른 즈음 나는 거제에 살면서도 마음은 늘 딴 데 가 있었다. 머지않아 떠날 것이라는 생각으로 살다가 이듬해 둘째 아이를 낳았다. 그러던 중 ㄷ시로 발령받은 남편을 따라 기다렸다는 듯이 거제도를 떠났다.

하지만 거제도는 그렇게 쉬 떠날 수 있는 곳이 아니었다. ㄷ시로 이사 한 지 얼마 되지 않아 IMF 경제위기가 들이닥친터였다. 이런저런 이유로 남편이 다시 거제 조선소로 발령이 나면서 엉겁결에 나는 ㄷ시를 떠나야 했다.

그 무렵 새 아파트에 입주하고 정을 붙였던 나는 거제도로 가고 싶지 않았다. 경상도 토박이인 우리 부부와 달리 표준 말씨가 몸에 밴 아이들을 서울내기로 한번 멋지게 키우고 싶었다. 더욱이 우리나라 최초로 세계박람회가 열린 도시여서 과학자의 꿈을 가진 아이들의 호기심도 충족시키고 싶었다. 이래저래 첨단 과학의 장을 손쉽게 드나들었던 나 또한 첨단 시대를 앞서 걷고 싶었던 바람도 있었다.

그러나 이 모두 현실 속에서는 욕심에 불과한 일이었다.

다시 찾아온 거제도는 짧은 세월임에도 많이 달라져 있었다. 꼬불꼬불 산길은 추억 속의 길이었고, 여기지기 뚫린 길은 터널로 연결되어 섬과 육지와의 거리는 한결 당겨졌다.

거제도는 더 이상 고립된 섬이 아니었다. 쭉 뻗은 길을 따라 젊음이 약진하는 가운데 여기저기 생명력이 움트는 소리가 터져 나왔다. 세상은 금융위기 사태로 온통 얼어붙었는데, 거제도는 그야말로 봄이었다. 세계 제일의 조선해양도시임을 자랑하는 가운데 양대 조선소는 밤낮없이 불을 밝혔다. 용접하는 소리 또한 그칠 날이 없었다. 나지막한 아파트가 대부분이었던 거제도에 고층아파트가 삐죽삐죽 솟아올랐다. 그 길을 따라 알쏭달쏭한 얼굴을 한 나는 가족과 함께 다시 조선소 입구로 들어섰다.

다섯 살배기 작은 아이는 조막만한 얼굴을 차창에 대고 신기한 듯 탄성을 질러댔다. 곁에 있던 큰아이는 시큰둥한 표정으로 눈을 내리깔았다. 정든 친구들을 떠나온 아쉬움이 남았던 모양이다. 그렇지만 종이배도 모형배도 아닌 아파트보다 더 큰 배가 눈앞을 가리자 금세 표정이 밝아졌다. 한편으론 그런 배를 만드는 아빠라는 것이 신기한 듯 배에 대해 질문을 쏟아냈다. 그렇게 다시 예전의 소리를 되찾았다.

부메랑처럼 돌아온 거제도와의 연(緣)은 그렇게 다시 이어졌다. 떠날 것이라는 생각은 이후에도 계속되었지만 그렇다고 내가 떠날 수 있는 것은 아니었다. 여기서 태어나 유치원, 초 · 중 · 고를 졸업한 아이들과 더불어 거제 사람이 된 것이다. 이십대를 훌쩍 넘어선 아이들은 대학생이 되어 이곳을 잠시 떠나있다. 그들도 어쩌면 섬이 지닌 원심력을 이용해 바깥으로 창창히 뻗어나고 있을 것이다. 그러다가 나처럼 길을 찾다가 저 스스로 움직이는 길임을 알게 될 것이다.

그 길의 연장선에서 보면 '거제'는 더 이상 고립된 섬이 아니다. 외도, 내도, 지심도, 칠천도, 가조도, 산달도, 이수도 등 많은 섬이 거제도의 너른 그 품안에서 길이 되어 움직인다.

이렇게 섬과 섬이 만나면 길이 되는 것처럼 길을 가다가도 문득문득 뒤돌아보는 것은 사람이 길이기 때문이다. 사람과 더불어 생겨남으로써 아름다운 거제도는 언제부터인가 길을 찾는 사람들 누구에게나 길이 되고 있다.

섬이든 길이든 그게 중요한 것은 아니다. 거제도는 세월이 제아무리 흘러도 글자 그대로 '크게 구하고, 크게 베푸는', 포용력이 큰 도시라는 점이다. 여기에다 천혜의 자연 환경과 더불어 나누는 거제 사람의 이야기가 문학이 되고, 그 속에서 만난 거제를 찾아 다시 또 길을 떠난다면 이보다 더 좋은 길은 없을 것이다.

불꽃 이야기

모든 일은 순식간에 벌어졌다. 110층 쌍둥이빌딩 속으로 여객기가 돌진한 것이다. 비행기를 탄 사람들이 한순간 불꽃처럼 사라져 갔다. 이를 지켜본 지구촌 사람들이 놀랄 겨를도 없이 또 다른 방향에서 그 빌딩 속으로 돌진하는 여객기가 있었다. 태산보다 높은 빌딩이 허물어지는 것도 참으로 순간적이었다. 무너지는 건물 속에서 나는 아우성치는 사람들의 소리를 그저 상상으로 돌려야 했다. 하늘 높이 치솟은 세계무역센터의 수천 명 또한 그렇게 어이없이 사라져 갔다.

꿈은 아니었다. 매스컴의 열기는 달아올라 지구촌의 시선을 단숨에 미국 뉴욕으로 집중시켰다. 과학 문명의 발달로 현장감 있는 뉴스를 생생하게 전할 수는 있었지만, 테러 사태만큼은 정말 어찌할 수 없었던 모양이다.

긴급 뉴스를 통해 생생한 장면으로 지켜보던 나는 비명(非命)에 간 사람들을 떠올리며 연신 비명(悲鳴)을 울렸다. 테러 사태의 주동자가 '오사마 빈 라덴'이라는 사실도 기억해야 했다. 놀란 사람들 틈으로 거론되는 그 이름을 증오하면서도 나는 가만히 지켜볼 수밖에 없었다.

그런 와중에도 나는 음악회 공연을 보러 가야 했다. 국악 관현악단과 호소력 짙은 가수가 손을 맞잡은 것이다. 피리, 대금, 가야금, 거문고, 아쟁 등 전통 민요의 선율을 따라 흐르는, 그것은 자연의 소리였다. 간간이 울리는 북과 징 소리에 악단들의 어깨가 들썩거릴 때마다 내 어깨도 따라 들썩거렸다. 지휘자의 검은 두루마기는 비상하듯 펄럭이면서 전통 음악의 소중함을 일깨웠다.

한 인기 가수가 등장하자 무대는 달아올라 우리의 얼과 혼이 분리될 수 없는 하나임을 보여주었다. 국악 관현악과 사람의 소리가 절묘하게 어우러진 국악 가요를 선보인 것이다. 채 150센티미터가 되지 않은 단신의 그녀는 공연장을 온통 열광의 도가니로 몰아넣었다. 그야말로 자연의 소리였다.

그중에서도 "삶과 죽음이 한꺼번에 있으니, 살아 있으면 보겠지요. 그렇지요. 그렇지요. 그렇지요." 라는 노랫말은 내 가슴 깊숙이 자리 잡았다. 우리에게 동족상잔의 비극이 끝난 것이 아니었다. 전쟁의 연장선상에 놓인 현실을 우리 가락으로 확인한 것이다. 전쟁의 상흔이 깊어질 대로 깊어져 살아 있어도 만날 수 없는, 이산 가족의 한이 절로 터져나왔다.

시민의 날을 기념하는 축포가 울리자 불꽃놀이도 함께 이어졌다. 화려하게 피어난 불꽃들이 쏟아져 내릴 때마다 사람들은 여기저기서 환호성을 울렸다. 형형색색 불꽃들이 하늘 높이 피었다가 사라지는 바로 그 순간을 위한 축제였다.

하지만 이것은 짙어가는 가을밤의 단상에 불과했다. 나는 다시 지구촌 저쪽의 소식에 귀를 기울이면서 실시간으로 타전되는 긴급 뉴스를 확인했다. 테러와의 전쟁을 선포한 미국의 보복 공격이 시작된 것이다.

지구촌의 하늘빛은 순식간에 달라져 암울한 빛으로 변했다. '빈 라덴'의 은신처인 아프가니스탄의 밤하늘에 전혀 다른 불꽃을 터뜨렸다는 게 아닌가. 그곳에서는 삶과 죽음의 경계선상에 놓인 사람들이 불꽃을 피해야만 살아남을 수가 있다. 이들의 목숨과는 무관한 매스컴은 지금 불꽃전쟁으로 한창이다. 불꽃을 튀겨야만 소통이 되는 세상임을 생생하게 증언하고 있다.

대리 만족

귓전을 맴도는 소리가 있다. 그 함성이 그친 지 달포가 지났는데도 나에게는 여전히 환청처럼 들려온다. 거리마다 붉은 물결이 출렁이고, 환호성을 울리던 사람들의 박수 소리도 들려온다. '태극 전사'들의 승전고가 쉴 새 없이 울리는 가운데 종내 지울 수 없는 영상으로 와 닿는다.

우리나라가 첫 골을 터뜨릴 때만 해도 나는 이방인이었다. 축구광인 남편의 흥분된 모습을 도리어 놀려대곤 했었다. 그러다가 축구 경기를 볼 때면 예비 지식이 없는 나는 여간 불편한 것이 아니었다. 어처구니없는 질문으로 그를 성가시게 하는 존재로 전락한 것이다.

이런 지경에 놓인 나를 구원한 사람은 축구를 중계하는 아나운서였다. 그는 홀로 처진 나를 위해 부연 설명까지 곁들여 주곤 했다.

해설위원의 해설과 함께 내 무딘 감정의 윤활유로 작용한 것이다. 그로부터 나는 축구 시합이 있을 때마다 귀를 기울였다.

그래서인지 예전에 들리지 않던 소리가 귓전에 들리기 시작했다. 내 속의 잠든 감정을 자극하더니 축구에 대한 열기를 한껏 고조시켰다. 경기가 무르익을 때마다 심판인 양 부산을 떨던 나는 어설픈 잣대로 마구 고함을 질렀다. 흥분하기는 역시 나도 마찬가지였던 모양이다.

숨 가쁜 열전이 거듭되자 선수들의 투혼은 이런 나를 더욱 부추겼다. 이마가 찢어진 선수도 코뼈가 부러진 선수도 공을 잡기 위해 거침없이 몸을 내던졌다. 삶의 절규인 듯 그것은 좀처럼 수그러들지 않았다. 승리만이 그들의 눈빛을 살아 움직였을 뿐이다. 골문을 지키는 수문장도, 방어하는 수비수도 축구공을 통통거리는 가운데 나를 유혹했다.

쉴 새 없이 들이닥치는 공을 막아내는 그들에게서 나는 우리 민족의 한(恨)을 떠올렸다. 외세의 침략에 맞서 싸운 약소 민족의 설움이 울컥 치밀어 오른 것이다. 공격수가 돌진해 골을 넣을 때마다 묘한 해방감을 느낀 나머지 더 이상 앉아 있을 수가 없었다.

월드컵 16강에 오를 때까지만 해도 뒷짐을 지고 가만히 앉아 있었던 나였다. 그런 내가 허겁지겁 거리로 뛰쳐나가 "대~한민국"을 외쳤다. 8강으로 진입했을 때에는 붉은 티셔츠가 마치 승리의 화신(化

身)처럼 느껴지기도 했다. 길거리 응원단에 합류한 나는 그야말로 붉은 악마였다. 거리마다 진동하는 환호성은 지구촌의 시선을 모으며 잇달아 승전고를 울려댔다. 하나로 결집된 힘을 떨치면서 분단된 땅 위에 세계 축구 4강의 신화를 아로새긴 것이다.

태극기는 국경일에만 나부끼는 게 아니었다. 사람들의 체온과 더불어 붉은 바탕 속에서도 하얗게 피어났다. 한민족의 순결처럼 고이 빛나는 승리의 깃발이었다. 휘모리장단으로 신명난 박수 소리 또한 "대-한민국"을 외쳤다. 쩌렁쩌렁한 그 함성이 울릴 때마다 신들린 듯 축구공을 움직였던 태극 전사들이었다.

무릇 내 삶을 통째로 삼켜버린 6월이었다. 태극 전사들이 가는 자리마다 거역할 수 없는 열풍이 몰아쳐 우리나라는 당당 세계 축구 4강으로 올라섰다. 약소 국가로서의 설움을 벗어난 것이다. 축구 감독 히딩크의 가치도 무한대로 치솟았다. 적당주의에 물든 우리 사회에 변화의 바람을 몰고 와 선후배간의 높은 벽을 허물고, 가치관과 능력을 중시하는 사회로 이끌었다.

그로 인해 우리의 6월은 끊임없이 재생되었다. 저마다의 가슴에 '할 수 있다'는 가능성을 연 것이다. 히딩크를 매개체로 삼는 사람들의 상술이 여기저기 번져났다. 태극 전사들과 히딩크를 등에 업은 사람들의 아이디어 경쟁도 치열했다. 새로움을 창출하려는 사람들의 의지가 여느 때와는 분명 달랐다.

변해야만 사는 세상임을 보여준 월드컵 경기였다. 그런데도 나는 무언가를 기다리는 사람처럼 잇따른 뉴스에 두 귀만 쫑긋댄다. 그들이 남긴 그림자에 갇혀 그저 막연하게 살아가는 꼴이다. 무엇을 할 것인가. 가슴 깊이 숨어 있는 '대리 만족'을 이제는 스스로 떨치고 일어서야 할 때가 아니던가.

2부

사람꽃이 피었습니다

아라리오

부산 가는 길이 나에겐 여전히 먼 길이었다. 늘그막에 배움의 끈을 이어서인지 뻥 뚫린 거가대교를 따라 길과 길을 잇는 것이 쉽지 않았다. 매주 두세 차례 드나들면서 집에 오자마자 잠을 청하는 것은 당시의 일상이었다.

그날도 그랬었다. 일찌감치 잠에 빠져 버린 나는 평소 존경하던 원로 시인의 부음을 받았지만, 알람 소리를 듣고서야 사실을 알았다. 네댓 시간이 지난 뒤에 발견한 문자 메시지는 그가 이 세상에 존재하지 않음을 알렸다. 이를 부인하고 싶었던 나는 꼭두새벽이라 전화기를 들었다 놓았다 반복해야 했다. 수일 전에 발가락 수술을 받고 일반 병실로 옮겼다는 말을 듣고 마음을 놓았던 터였다. 머지않아 추석이라 귀성길에 병문안하려고 느긋하게 마음먹고 있었는데, 어찌하랴.

그는 나에게 전화를 걸어 "서양, 나 아직 안 죽었다."는 말을 곧잘 하곤 했었다. 그것은 소식이 뜸할 때마다 무심한 나를 일깨우며 저리로 돌아앉은 세상과 소통하기 위한 그만의 독특한 해법이었다. 그런 그가 추석 한가위를 이틀 앞두고, 귀성길을 떠나는 수많은 사람을 뒤로한 채 홀로 훠이훠이 멀어져 갔다. 다시는 돌아올 수 없는 머나먼 강을 건너간 것이다.

달포 전만 하여도 그는 나에게 이제 막 시작한 공부를 언제 마치느냐 다져 묻곤 했었다. 모처럼 긴 통화를 하며 가까운 지인들의 근황도 살피고 이런저런 당부도 했었다. 평소와는 달리 건강한 목소리에다 여전한 통찰력을 보여 회복한 줄 알았는데, 어찌하여 세상줄을 놓았단 말인가.

아닐 것이다. 이 세상은 이미 다 꿰뚫은 터라 저 세상으로 잠시 소풍을 떠났을 것이다. 여기서는 그를 찾아오는 사람들이 하도 뜸하여 날개를 달고 병상에서 벗어나 옛사람들이 와글와글거리는 곳으로 구경하러 갔음이 틀림없다. 허구한 날 병상만 지키고 있는 삶은 더 이상 살아 있음이 아닌지라 살기 위해 그는 분명 저 너머의 강을 건너갔을 것이다.

그리하여 어느 날인가 습관처럼 전화벨을 울리며 "서양" 하고 나지막이 부르며 "나 아직 안 죽었다"고 하면서 삶과 죽음의 경계를 어이없이 허물고 다시 나타날 것이다. 이에 맞장구를 치던 나는 그를 깡그리 잊은 채 살다가 "예, 저도 아직 멀쩡하게 살아 있어요."하고 능청을 떨면서 한바탕 크게 웃으리라.

그렇다. 늘 그랬던 것처럼 그는 아직도 살아 있을 것이다. 이 세상이든 저 세상이든 사람들이 머무는 곳마다 찾아가 마음이 가난한 사람들에게 그가 품은 詩앗을 나누어줄 것이다. 나에게 그랬던 것처럼 빈집의 설움을 통째로 껴안고 쓴 시들을 불러내어 나지막한 목소리로 그들에게도 읽어줄 것이다. 그리하면 내가 그랬던 것처럼 그들도 그 속에 담긴 시인의 이야기에 푹 빠지고, 허스키한 그 목청에서 울리는 삶의 진실을 고스란히 발견하게 될 것이다.

여든을 넘어서면서까지 그는 일기를 쓰듯이 시를 쓰고, 그 속에다 그리움을 한껏 풀어 놓았다. 그러고도 못다한 그리움은 가슴을 쥐어짜며 홀로 삭여야 했었다. 한 세상 그리움에 물든 채 살았으니, 또 한세상은 만나고 싶은 사람일랑 후회 없이 다 만나고 살아야 할 것이다. 그리하면 그의 발길이 닿는 곳곳마다 사람들로 들끓는 만남의 광장이 되고, 사람과 사람과의 연분도 알알이 맺어지고 그 옛날의 아득한 봄날도 다시 피어날 것이다.

그는 인간으로 태어나 인간이 되는 것은 당연한 이치인데도 인간답게 살라는 말을 무시로 하곤 했었다. 그런 만큼 힘든 게 인간의 길이라는 것을 진즉 알고 되뇌었을 것이다. 오죽했으면 세상 짐을 다 벗어 버리고 빈집을 벗 삼아 살았겠는가.

그가 떠난 지도 벌써 두 해가 지났다. 이를 알리듯 유리창 너머엔 엊그제부터 돌풍을 동반한 장맛비가 세차게 몰아친다. 그 사이로 일렁이는 그리움을 붙들고 불현듯 그를 떠올리는 것은, 그동안 내가 힘든 과정만이라도 마쳤다는 소식을 전하고 싶어서이다. 성급한 나의 자랑질을 두고 무슨 말을 하려나. 갸웃갸웃 고개를 흔들지 호통을 칠지 알 수 없는 노릇이다. 그렇다고 하여 그를 외면할 수는 없다. 이기적으로나마 나는 그의 말벗이었다.

거가대교를 달리는 일도 요즈음은 제법 익숙해지고 있다. 예전처럼 앞만 보고 달리지 않아도 되는 터라 간간이 옆길로 빠져 바닷가에 차를 세우곤 한다. 모두가 예전 그대로인데, 그가 보이지 않는다. 수평선도 보이고 갈매기도 보인다. 그런가 하면 철썩이는 파도소리도 들려오면서 나를 일깨운다. 그런데도 그의 소리는 없다. 아스라이 멀어져 가던 세상을 붙들고 애써 날 불러들이던 그날의 인기척과 함께 사라지고 없다. 간간이 울리던 전화벨도 더 이상 울리지 않는다. 어디에도 없다. "서양, 나 아직 안 죽었다."고 하던 그날의 너스레만 살아 있을 뿐이다.

때로는 빛살처럼

엘리베이터를 기다리던 나는 다시 집으로 들어갔다. 화장대 위에 놓아둔 귀걸이를 깜빡 잊은 것이다. 보일락 말락 귀걸이를 손에 쥔 채 종종걸음으로 돌아오니, 간발의 차이로 엘리베이터가 내려가고 있다. 나를 기다리다 누군가의 호출을 받은 모양이다.

이럴 때마다 나는 고층 아파트가 여간 불편한 것이 아니다. 약속 시간에 늦을까 봐 계단을 내려다보지만 가마득하다. 버튼을 다시 누른다. 은근슬쩍 텔레파시도 보낸다. 이를 알 리 없는 엘리베이터는 가다 서다를 반복할 뿐, 뒤돌아보지 않는다. 제 속도를 위반하지 않고 궤도를 이탈하지도 않는다. 묵묵히 제 할 일을 다 하고서야 나를 맞이한다.

엘리베이터 안으로 들어선 나는 서둘러 문을 닫는다. 두리번거리지만 아무도 없다. 거울 속의 '나'와 덩그러니 마주한다. 늑장부리기를 일삼은 탓인지 조급한 기색이 역력하다. 고개를 돌리지만 그런 제 모습을 감출 수가 없다. 부득불 매무시를 가다듬고 숨고르기를 한다.

언뜻 새어드는 빛살이 있어 그 빛을 따라간다. 손아귀에 놓인 귀걸이가 거울 속에서 저 홀로 반짝이는 게 아닌가. 습관처럼 귓불을 바라보던 나는 귀걸이 자리를 찾는다. 양쪽 벽면이 거울로 둘러싸여 한편으론 호기를 만난 셈이다.

이를 알아차린 듯 귀걸이도 더욱 반짝인다. 가까스로 눈을 맞춘 나는 그것을 귓불에다 바짝 갖다 댄다. 그 순간 "딩동" 하면서 엘리베이터 문이 활짝 열린다. 웬 낯선 남자가 성큼 내 앞으로 들어선다. 엉겁결에 고개를 돌려 버린 내 귓불을 사정없이 찔러 버린다.

뜻하지 않은 침입자로 인해 내 귓불은 발갛게 부어올랐다. 귀걸이는 보이지 않고 애꿎은 귓불만 봉긋이 솟아오른 것이다. 그런데도 태연한 척하던 나는 아린 것을 애써 참아야 했다. 거울을 마주하고 서도 그것을 볼 수가 없었다. 상기된 표정이 드러날까 봐 도리어 시선을 아래로 내리깔았다. 훤히 들여다보이는 좁은 공간이라 숨소리마저 가만가만 죽여야 했다. 지상으로 탈출하고야 그 자리가 귀걸이 자리가 아님을 알 수 있었다.

돌이켜보니, 그 즈음엔 내가 한창 귀걸이를 달고 다녔었다. 풋풋

한 시절에는 귀걸이는 물론, 목걸이와 실반지조차 하지 않았다. 그러던 어느 날 불혹의 나이가 무색하리만큼 흔들려 버린 것이다. 귓불에 구멍을 뚫고 그 자리를 당당 귀걸이 자리로 내주었다.

그래서일까. 귀걸이는 심심찮게 나를 찾았다. 아니, 내가 그를 불러들였다. 목걸이도 반지도 불러들이고, 크고 작은 브로치도 덩달아 불러들였다. 조그만 알갱이에서 나는 빛이 여간 탐스럽지 않았다. 모조품일지라도 그것은 한 줄기 빛으로 스며들어 내 가문 날의 꿈을 한사코 들추었다. 그로부터 내가 기지개를 켜고 다시 일어났음도 부인할 수 없다.

이후 한 10년간 장신구를 잊고 살았다. 내 오랜 살붙이처럼 되기엔 이물질이 너무 많았다고나 할까. 그것으로써 허상을 좇는 자신도 싫었다. 단순함을 추구하는 내 성격상 맞지 않았음은 물론 몸에도 맞지 않았다. 그것은 한낱 장신구에 불과했다.

불혹도 지천명도 다 넘어선 오늘은 내가 다시 귀걸이를 찾는다. 봉긋 솟아올랐던 그날의 귀걸이 자리도 찾는다. 미처 여물지 못한 마음이 여기저기 앉을 자리를 찾느라 사뭇 분주하다. 장신구로 살지 않겠다고 했던 지난날의 다짐도 한순간 무색해진다.

스스로 나는 빛이 바랠 대로 바랜 것인가. 저기 저 그림자 너머로 아스라이 멀어져간 빛살마저 불러들인다. 그 틈새로 오버랩되는 내 어머니의 살아 있는 눈빛이 보인다. 여든을 한참 지나고서도 화려한 장신구는 그나마 부지할 수 있었던 생명줄인 양 달려 있다. 예사로운 빛으로 감싸기엔 너무 빛바랜 당신이었음을 이제야 알 것 같다. 황금빛으로 여울진 반지와 목걸이가 커져 갔던 이유를 내 젊은 날엔 도무지 알 수 없었다.

그것은 순전히 빛을 잃고 싶지 않은 그 마음 탓이리라. 더는 피어날 수 없는 몸이어서 시들지 않는 보석의 광채로써 힘을 얻고 싶었을 것이다. 거울 속에 비치는 게 장신구일지라도 그것으로 다시금 꿈을 꾸고 싶었을 것이다. 더러는 고운 그 빛살을 몸에 휘감은 채 언제나 살아 있는 눈빛이고 싶지 않았을까.

바람이 분다. 싱싱한 탄력을 세월 저편으로 밀어내는 바람이 분다. 소슬하게 불어오는 그것은 갈바람인지 한여름의 뙤약볕을 돌이키기엔 너무 시리다. 이따금씩 겨울이 머지않았음을 알리듯 칼바람도 분다. 그 바람에 떠밀려 빛살처럼 아스라이 스쳐간 귀걸이도 보이고, 목걸이도 반지도 보인다. 그들과 더불어 빛나고 싶은 내 마음도 보인다. 이 모두 부질없는 생각이겠지만.

스무 살의 로망

그의 첫사랑이 나라는 사실은 전혀 뜻밖이었다. 내 기억 속에 남아 있는 그는 친구 이상도 이하도 아니었다. 곰곰이 생각하니 무리한 이야기는 아닌 것 같다. 그를 떠올리자 '순수'란 글자가 떠오르고 아스라이 멀어져 간 내 기억 속의 풍경도 되살아나기 때문이다. 그럼으로써 내 스무 살의 로망도 시작된다.

내가 그를 만난 것은 막 스물이 될 즈음이었다. 버스에서 내리자 느닷없이 나타난 그가 말을 건넨 것이다. 버스 안에서부터 곁눈으로 나를 지켜보다가 따라 내렸다는 것이다. 그러다가 머리를 긁적이며 어색한 미소를 지어 보였다. 그런 그가 나는 싫지 않았다.

그날로부터 우리의 만남이 시작되었다. 나는 부산, 그는 서울에서 살았던 터라 만난 적은 그리 많지 않다. 해를 거듭한 세월 속에 가끔

씩 안부편지를 주고받으며 만났던 게 고작이었다. 그래서인지 그를 생각하면 알에서 막 깨어난 풋내기 같은 느낌이 들곤 했다.

그러던 어느 날 나는 그의 전무후무한 연인이 된 적이 있었다. 부산의 '숙이'를 보러 온답시고 그의 '서울 친구들'이 우르르 몰려온 것이다. 친구로만 생각하고 은근슬쩍 마음을 열었던 나와 달리 그는 그게 아니었다. 그들 앞에서 내가 마치 그의 피앙세인 양 우쭐댔다. 멋모르고 그 자리에 나갔던 나는 그를 바라보면서 빙그레 웃을 수밖에 없었다. 그가 나를 좋아하는 줄은 알았지만 그렇게까지 생각할 줄은 몰랐던 것이다.

당시엔 나보다 한 살 아래인 그를 연인으로 받아들일 수 있는 처지는 아니었다. 설익은 감정 탓도 있겠지만, 한 살 어리다는 이유가 나 스스로 그를 친구라는 울타리로 단단히 묶어 버린 것이다. 의식적으로 강조라도 하듯이 '누나'라는 고리를 걸어 친구 이상으로는 만나지 않겠다고 말한 것이다.

그러나 사람의 감정은 마음대로 조절할 수 있는 것이 아니었다. 내 속에 뿌리박힌 고정관념 또한 벗어 버릴 수가 없었다. 이런저런 이유로 이별 선언을 한 나는 그에게서 돌아서야 했다. 그와의 만남을 지속시키기에는 아무래도 인연의 끈이 조금 짧았던 모양이다. 그것을 지금의 남편이 운명으로 이었다고나 할까. 나보다 한 살 많은 남편을 만나 뒤늦게 이성의 눈을 뜬 내가 감정 정리를 한 것이다. 그를 친구로, 남편을 연인으로 여긴 나머지 친구인 그는 저만치 떠나 보내야 했다.

그날 이후 30년 만에 그가 나에게 전화를 한 것이다. 우연히, 아주 우연히 나를 찾았다고 하면서 이제는 연락해도 되지 않겠느냐고 했다. 서른도 마흔도 지나고 지천명까지 넘어선 나이인데, 무슨 큰 문제가 있겠느냐는 것이다. 자신의 근황을 들려주던 그는 내 근황을 일일이 챙겨서 물어 보았다. 마치 손윗사람인 양 행동하면서 그동안 잘 살아줘서 고맙다는 말도 덧붙였다. 그러면서 내가 그의 '첫사랑'이라는 게 아닌가.

무슨 말을 하랴. 지난날 그를 뿌리치고 돌아서던 마지막 장면이 영상처럼 떠올랐다. 그날의 순수함을 외면하고 눈물까지 흘리게 한 내가 그의 '첫사랑'이라는 것이다. 급기야 "미안하다"고 하면서 말문을 열어야 했다. 그것은 내 가슴속에 지문처럼 남아돌던 마지막 순정이었다.

그래서일까. 내 스무 살의 로망은 그와 함께 재생되면서 30년 세월을 훌쩍 뛰어넘었다. 아이러니하게도 기억 속에서 떠오르는 장면은 서로 달랐다. 나는 그의 손을 잡고 어색한 나머지 진땀을 흘리던 장면을 기억하고, 그는 나에게 뽀뽀하려다가 빰을 맞는 장면을 기억한 것이다. 아무리 생각해도 그가 재생한 장면은 기억나지 않았다. 그런데도 그는 그것이 떠오를 때마다 웃음보를 터뜨린다는 게 아닌가.

그 시절의 해프닝은 해맑은 기억들과 함께 나를 정지된 시간 그 너머로 깊숙이 밀어 넣었다. 하루, 이틀, 사흘이 지났음에도 여전히 그를 떠올리며 시간과 시간의 경계선을 허물었다. 난처한 노릇이었다. 그가 내 안에 들앉은 이유를 살피고 무언의 대화를 나누어야 했다. 정체성을 상실한 자신의 모습이 아슴아슴 꿈결처럼 맴돌았다. 할 일을 산더미처럼 쌓아 놓고서도 아무것도 할 수 없었음은 물론이다. 책을 펼쳐 놓고서도 하릴없이 그림처럼 바라보지 않았던가.

가까운 친구에게 자초지종을 말했더니 내가 무언가 단단히 착각하고 있다는 것이다. 하기야 그것은 착시 현상에서 비롯되었을지도 모른다. 그렇지만 내 스무 살의 로망은 지천명을 넘긴 삶의 기폭제가 되기에 충분하다. 지난 30년을 단숨에 걷어내고 스무 살로 돌아가게 하듯이 다시 또 30년을 기약할 힘이 되지 않겠는가. 덕분에 '성년의 날'을 축하하며 보내준 지난날의 편지 속에 알알이 박혀 있던 그의 순수함을 보았다. 그리하여 지난날 남겨진 눈물의 의미가 하나밖에 없었던 그의 순정이었음도 알았다.

하지만 첫사랑의 환상은 어디까지나 환상에 불과하다고들 하지 않던가. 나는 30년 만에 근황을 들려준 친구의 첫사랑으로 오롯이 남아 다시금 이별 선언을 한다. 내가 다시 떠나는 것은 그의 첫사랑의 환상을 깨뜨릴 것 같은 조바심 때문이다. 아니, 그것은 그가 나에게 전화함으로써 이미 깨졌을지도 모른다. 그러니까 구차한 선언까지는 필요하지 않을 수도 있다. 그럼에도 내가 굳이 떠나는 것은 그의 첫사랑의 환상을 30년 더 연장하고 싶은 미련 때문이다. 내 스무살의 로망과 더불이.

해후 1

진동 소리에 눈을 뜨니, 휴대폰의 불빛이 깜빡거렸다. 문자 메시지를 확인한 나는 깜짝 놀랐다. 이른 새벽에 누군가의 죽음을 알리는 내용이었다. 얼떨결에 읽어보니, 잘못 온 문자인 듯 지인의 이름자는 보이지 않았다. 선잠을 깨서인지 눈이 저절로 감겼다. 다시 잠을 청했지만 잠들 수가 없었다. 시간이 지날수록 말짱해지는 정신이어서 눈을 감고 있다는 게 도리어 불편했다. 할 수 없이 커튼을 열고 햇살 아래 눈부신 아침을 정면으로 맞았다.

습관처럼 휴대폰을 만지작거리던 나는 다시 메시지를 확인했다. 나와는 상관없는 일임에도 무심결에 한자 한자 짚어나갔다. 그런데 이게 웬일인가. 아까와는 전혀 다른 글자가 총총거리며 내 눈에 와 박혔다. 누군가의 '부친상'이 아니라 '부인상'이었다. 그것도 3년 전,

30년 만에 만난 소꿉친구가 고인(故人)이었다. 비문 같은 글을 읽고 또 읽었지만 그녀의 죽음을 알리는 부고장임에 분명했다.

어찌하랴. 지난해 봄, 나는 그녀가 입원했다고 하여 부랴부랴 대구로 달려갔던 적이 있다. 조그만 물혹을 제거하는 수술을 했는데, 암이라는 진단이 나온 것이다. 초기는 아니었다. 그런데도 그녀는 대수롭지 않은 듯이 편안한 표정으로 나를 맞았다. 오히려 뒤늦게 공부하는 내 건강을 염려하곤 했었다.

그런 그녀를 멍하니 바라보던 나는 아무 말도 하지 않았다. 가슴이 덜컹 내려앉았지만 내색하지 않았다. 그렁그렁한 눈망울이 드러날까 도리어 고개를 숙이며 그녀의 손을 꼭 잡았다. 온기로서나마 대신 마음을 전하고 싶어서였다. 그러다가 조만간에 다시 오겠다고 하면서 이내 병실을 빠져나왔다. 수술한 지 얼마 되지 않아 절대 안정이 필요하다는 그녀 남편의 귀띔을 들은 터였다.

이후, 나는 한 번도 그녀를 만나지 않았다. 늦깎이로 시작한 공부를 핑계로 서울 길만 오르락내리락거렸을 뿐이다. 이메일로 편지를 주고받은 적은 있었지만 그것도 잠시였다. 답신이 오지 않는다는 핑계로 편지쓰기를 중단한 것이다. 긴 망설임 끝에 전화를 걸어 보니, '결번(缺番)'이었다. 한참 후에 '통원 치료'하고 있다는 그녀의 전화를 받고서야 마음을 놓았다.

그러다가 나는 한동안 그녀를 잊고 살았다. 제 살길이 바빠 친구의 아픔일랑 저만치 묻어 두어야 했다. 새로움에 물든 나머지 옛 친구 따윈 까맣게 잊고 살았다. 어쩌면 그녀의 존재 자체도 잊었는지 모른다. 이런저런 변명들로 혼돈 속에 빠진 나는 뒤늦게 회한의 눈물을 흘리면서 그녀를 떠올린다.

친구가 보고 싶다. 어디에서 우리가 다시 만나려나. 어린 시절 함께 놀던 골목길로 달려가면 만나려나. 그녀의 집 파란 대문 앞에서 큰 소리로 "00야, 학교에 가자." 하고 부르면, 눈이 큰 그녀가 불쑥 내 앞으로 나오려나. 아니면 숨바꼭질이라도 하면 나오려나. 그리하면 갈래머리를 한 그 아이의 머리카락이라도 보이려나. 그림자라도 보이려나. 내 마음은 이미 거제를 떠나 통영을 넘고 고성을 넘어 남강 물줄기를 휘돌아서 간다. 어쩌면 그녀가 먼저 갔을지도 모른다는 생각으로 정신없이 내달린다. 어릴 때 함께 뛰어놀던 비봉산 아래에서 금성로터리를 돌아 초등학교 운동장까지 삽시간에 달려간다. 그러다가 뒤벼리도, 새벼리도 지나고 남강다리를 건너 진주성을 빙빙 돌아다본다. 아무리 둘러봐도 그녀는 보이지 않는다. 그녀의 부음을 알리는 문자 메시지만 또렷이 보일 뿐이다.

친구를 만날 길이 없다. 고향집 담장 너머로 보이는 친구 집 대문 앞에 퍼질러 앉아 허허롭게 웃어나 볼까. 고인의 영정 사진이 있는 대구로 달려가 엉엉 울어나 볼까. 이런들 저런들 무슨 소용이 있겠는가. 모두 다 한여름의 뙤약볕 아래 타들어 가는, 산 자의 그림자에 불과할 뿐이다. 그럼에도 불구하고 나는 서둘러 길을 떠났다. 고인이 된 친구를 조문객으로나마 만나보기 위해서였다.

때로는 만남의 기쁨보다 헤어지는 슬픔이 너무 커서 만남을 한 발짝씩 뒤로 물리기도 한다. 만나고 헤어지는 일이 다반사라는 것도 부인할 수가 없다. 그런데도 물컹거리는 그리움을 풀어낼 길이 없었던 나는 그녀의 영정 사진 앞에 엎드려 애써 참았던 울음을 터뜨렸다. 못다한 사연은 남강 물에 흘려보내고 세월의 뒤안길로 빙빙 돌아서갔다. 추억 속에만 살아 있는 소꿉친구를 찾아 수십 년 세월을 한참 거슬러 올라갔다. 마치 아무 일도 없었던 것처럼.

그날의 화두(話頭)

책상 속에 깊숙이 넣어둔 서류봉투를 꺼낸다. 잃어버릴까 봐 아무도 모르게 내가 감추어둔 것이다. 그 안에서 진단서 등 증거 자료들이 기다렸다는 듯 나를 바라보지만 이젠 쓸모가 없다. 한때는 내가 억울한 피해자임을 증명할 유일한 단서였다.

인감도장을 손에 쥐고 합의서를 내려다본다. 아무런 조건도 없는 백지 상태이다. 그럼에도 나는 가해자인 그를 법적으로 놓아주려고 도장을 찍는다. 도장을 찍는 손가락에 힘줄이 당겨지는 순간 내 이름 석 자가 선명하게 새겨진다. 가해자와 피해자 사이를 조건 없이 이어줄 합의서가 애써 모은 내 증빙 서류를 한순간 휴지 조각으로 만든다.

아스라이 버텨온 지난날들이 흔적 없이 사라지는 순간이다. 기쁨인지 슬픔인지 알 수 없는 잔물결이 내 가슴속에서 출렁인다. 이 또한 그가 살아 있음으로써 내가 느낄 수 있는 파문이다.

지난해 나는 교통사고 피해자임에도 불구하고 죄인처럼 웅크리고 살았다. 교통 법규를 위반한 오토바이 아저씨가 내 차에 부딪쳐 의식 불명이 됐다. 겉이 멀쩡한 나는 보이지 않는 아픔을 감내해야 했다. 오토바이는 약자 우선 보호 대상이어서 방어 운전을 하지 못한 나에게도 응당 책임이 있었던 터였다. 신의 한계를 필요로 하는 것이 운전이었다. 깜박이등도 없이 일차선 도로로 급회전해 사고를 일으킨 가해자인 그도, 피해자인 나도 다 책임이 있었던 것이다.

그날 이후, 나는 해를 거듭하는 가운데 눈만 뜨면 사고 장면이 불쑥불쑥 떠올라 견딜 수가 없었다. 할 일을 눈앞에 두고도 일손이 잡히지 않아 그저 하늘만 바라보았다. 그러던 중 어느 날 느닷없이 걸려온 전화를 받은 나는 불안감에 휩싸였다. 경찰서라고 하면서 다짜고짜 내 이름을 확인한 것이다. 나도 몰래 가슴이 철렁 내려앉았다. 불길한 소식일 것 같아서 숨을 쉴 수가 없었다.

다행히 전화기 저쪽에서 들려오는 소리는 이런 나의 불안감을 잠재웠다. 의식불명이던 그가 건강을 회복해 이미 퇴원했다는 것이 아닌가. 꿈인지 생시인지 알 수 없는 노릇이었다. 그가 회복해 퇴원한 줄도 모르고 이제껏 세상 근심 다 안은 사람처럼 가슴을 졸이면서 살았던 나였다.

한때는 사건 경위를 추궁한답시고 나를 죄인처럼 다루던 그 경찰관이 난데없이 자세를 낮추었다. 그러고서 가해자의 상황을 친절하게 일러주는 것이 아닌가. 태풍 매미로 인해 그의 논밭이 물에 잠겼을 뿐 아니라 집도 거의 파손되어 살아갈 길이 막막하다고 했다. 교통 법규를 어긴 자신의 잘못을 단단히 뉘우치고 있다는 말도 덧붙였다.

한동안 고여 있던 내 안의 눈물이 터져났다. 그의 가족의 원망 섞인 목소리로 비롯된 눈물이 아니라 설움에 겨워 홀로 다져 둔 눈물이었다. 아무에게도 말할 수 없었던 나만의 고통에서 해방되는 눈물이기도 했다. 울어야만 내 안에 박힌 아픔의 알갱이들이 저리로 멀리 달아날 것 같아서 한참 동안 울었다. 의식불명이던 그가 건강을 회복했다는데 무엇을 더 바라겠는가.

돌이켜 보면, 나는 사고가 난 길을 지나칠 때마다 기도를 했다. 기도하지 않으면 한 발짝도 그곳을 지나칠 수가 없었다. 운명처럼 그 길을 통과해야 하는 일상이 야속했지만 그렇다고 그를 떠올리지 않을 수가 없었다. 그가 살아야만 내가 살 수 있다는 생각을 한 것이다.

그런 가운데서도 진단서 등 증거 자료를 빠짐없이 준비했던 나는 어쩔 수 없는 위선자였다. 최악의 경우를 위해 냉정하게 대처하라는 보험회사의 조언을 받아들인 것이다. 의식불명인 그를 떠나 오직 나

자신이 살기 위해 몸부림쳤었다. 그가 살아야 내가 살 수 있다는 것은 허울이었고, 모든 것을 초월해 내가 살 방법을 터득한 날들이었다.

불행 중 다행이 아닐 수 없다. 쭉 뻗은 국도 1차선에서 갑자기 차선을 바꾼 그를 피해 핸들을 조금만 옆으로 돌렸더라도 나는 이미 죽은 목숨이었을 것이다. 생사의 갈림길에서 저리로 떠나갈 수밖에 없었을 것이다. 그럼에도 불구하고 내가 버젓이 살아 있는 것은 아직 무언가 할 일이 남아 있기 때문이다.

합의서를 건네주러 가는 오늘은 훨훨 날아갈 것만 같다. 그가 살고 내가 살아 있다는 것만으로 가슴이 벅찬 날이다. 이제껏 느낄 수 없었던 짜릿한 맛이다. 그래서인지 가슴 밑바닥에서 건져 올린 화두, '어떻게 살 것인가'는 내 삶의 필연적인 의미로 다가온다. 덤으로 사는 인생, 무엇을 바라겠는가. 무시로 차오르는 내 안의 욕심부터 버려야 하는 것을.

그 자리에 서면

수업이 끝나자 한 학생이 바쁜 듯이 일어나 눈인사를 건넨다. 화장실에 가고 싶었지만 공부 시간이라 그럴 수가 없었다고 한다. 그런 줄도 모르고 정해진 시간을 훌쩍 넘겨 버린 나는 난감할 노릇이었다. 부연 설명까지 곁들이며 내 얇은 지식을 다 꿰려는 욕심을 부린 것이다. 이미 세상을 한눈으로 짚어내고도 남을 어르신이었다. 자식 같은 내가 가르칠 것은 달리 없었다. 수업 시간 내내 흐트러짐 없는 자세로 앉아 있어 아무 일도 없는 줄로만 알았던 것이다.

그녀는 한글 교실에서 가장 나이가 많은 학생이다. 언제나 맨 앞자리에 앉아 눈빛이 흐트러지는 법이 없다. 해를 넘기는 가운데에도 제자리에 앉아 배움의 자세로 일관했다. 그래서인지 나는 여든을 한참 넘긴 어르신이라는 사실을 곧잘 잊어버린다.

그녀는 멀쩡한 우리글을 놓고 일본글로 살았던 지난날의 설움이 너무 커 글자 공부를 다시 하게 되었단다. 일제강점기 때 세상이 갑자기 뒤집어져 더 이상 학교에 다닐 수가 없었다고 한다. 우리말을 빼앗긴 채 살아야 했던 한을 풀기 위해 하얀 종이만 보면 우리글로 새긴다는 것이다.

그래서인지 그녀는 한글 교실에 좀처럼 결석하지 않는다. 숙제와 일기를 거르는 법이 없을 정도로 우리 반에서 둘도 없는 모범 학생이다. 촘촘히 쓴 일기장은 틀린 글자를 찾아낸다는 게 도리어 무색할 정도로 사람답게 살아야 한다는 지침으로 가득하다. 그 속엔 그녀만의 철학이 고스란히 담겨 있다. 덕분에 나는 이제껏 깨닫지 못한 인생의 깊이를 배우고 있다.

옛집을 홀로 짊어지고 사는 그녀는 해마다 간장, 된장, 고추장, 젓갈, 김장 등을 만들어 멀리 떨어져 사는 자식들에게 부친다. 그럴 때마다 택배 아저씨는 아름드리 동백나무가 짙게 드리워진 그 집 대문간을 조심스레 넘나들곤 한다. 힘들지 않느냐는 소리에 그녀는, 아직 살아 있으니까 당연히 해야 할 일이라고 하면서 함박웃음을 짓는다.

한평생 눈어림으로 살아온 그녀로서는 한 자, 한 자 깨치는 기쁨이 남달랐을 것이다. 아는 것만큼 보인다는 듯이 움푹 팬 눈동자가 나날이 깊어지고 있다. 돌아다 보니 나도 처음 한글을 배울 때 그랬다. 자음과 모음으로 짜 맞춰진 이름 석 자를 배우며 신기해 마냥 좋아했었다. 그러다가 이름표를 붙이고 학교에 입학하면서부터 글자놀이에 푹 빠졌다.

그런 놀이는 지천명이 지난 지금까지도 계속되고 있다. 새끼줄을 꼬아 멍석을 만들듯이 글자를 꼬아 문장을 만드는 일이 여간 재미있는 것이 아니다. 한글 교실에서 내가 뜬금없이 자원 봉사를 하는 것도 한평생 배우면서 살아가는 어르신들의 무한한 열정을 닮아가고 싶기 때문이다.

한글 교실에는 노안으로 두 눈을 버젓이 뜨고서도 읽을 수 없는 학생도 있고, 읽을 수는 있으나 따라 쓰지 못하는 학생도 있다. 그렇다고 그들이 글자를 다 아는 것도 아니다. 통통 튀는 글자를 빈칸에 넣지 못해 한숨을 쉬는 일도 허다하다. 눈어림으로 살아온 세월이 너무 길어 글자만 보면 습관처럼 눈앞이 흐려지는 학생들이 대부분이다.

그럼에도 불구하고 그들은 손자들처럼 알록달록한 가방을 들고 교실로 들어선다. 방학도 마다하고 매무시를 가다듬고 책상에 앉아 글자놀이를 한다. 한 자라도 더 배워야만 한 걸음 더 걸을 수가 있다는 듯이 배우기 위해 무시로 고개를 숙인다. 그럴 때마다 나는 눈시울이 뜨거워져 목청을 높인다. 그들 중에서도 최고령자인 그녀를 보면 더욱더 그러하다.

그녀는 언제나 맨 앞자리에 앉아 있다. 구부러진 등을 곧추 펴고 자식 같은 나를 한사코 올려다본다. 굳어질대로 굳어진 손으로 연필을 잡고 가까스로 빈칸을 채워나간다. 칸칸으로 둘러싼 인생의 여백을 채우듯이 세월의 강을 한참 거슬러 올라간다. 그래서일까. 그 자리에 서면 나도 모르게 낮아진다. 지문처럼 남아돌던 까막눈의 설움이 무색하리만큼 그 속에 꿈과 희망이 옹골지게 살아 있는 까닭이다.

오르막길에서

지금 엘리베이터는 점검 중이다. 고층에 사는 나로서는 쉽지 않은 오르막인 셈이다. 단숨에 오를 것을 생각하면 기다릴 수 있겠지만 무심한 발걸음이 이내 계단으로 향한다. 층층이 들려오는 인기척이 낯설다. 초를 다투며 움직이는 엘리베이터의 일상 속에 잊혀진 소리인지, 문 하나를 사이에 두고 그냥 스쳐 지나간다.

얼마나 올랐을까. 자전거를 붙들고 잔뜩 울먹이는 아이의 모습이 보인다. 내리막 계단으로 자전거를 내리지 못해 쩔쩔매는 그 아이는 지친 모습으로 계단을 오르는 나를 보고서도 그저 내려가고 싶은 눈치이다. 그러다가 점검 중인 엘리베이터인 줄도 모르고 발을 동동 구르며 한사코 버튼을 눌러댄다.

오르막길에는 정녕 올라가는 사람만 있는 게 아니었다. 수십 년의 공직 생활을 마감하는 한 공무원의 명예 퇴임식이 생각난다. 늘 그랬던 것처럼 그날도 정해진 틀 속에서 행사가 이어졌다. 줄줄이 이어지는 유명 인사의 인사말이 그랬고 표정 잃은 사람들의 박수 소리가 그랬다.

자리를 비집고 들어서자 단상에 오른 낯익은 얼굴이 보였다. 부인과 나란히 앉아 가슴에 꽃을 달고 하객들과 마주하고 있었다. 그런 그에게서 왠지 모를 씁쓸함이 감돌았다. 더 이상 오를 수 없는 단이라는 듯 회한에 젖은 모습이었다. 시선을 접을 수가 없는 묘한 기분이어서 나는 단상에 놓인 꽃다발에다 그만 시선을 묻어 버렸다.

단상에는 크고 작은 꽃들이 활짝 피어 있었다. 알록달록한 꽃들은 마치 퇴임자의 길고 긴 흔적을 말해 주듯 다양함을 뽐냈다. 꽃보다도 아름다운 사람을 빛내려고 가시 속에서 피어난 것인지, 이내 시들어 버릴 꽃이어서 사람보다 먼저 단상에 오른 것인지는 알 수 없다. 장미, 국화, 백합 등 다양한 꽃들이 빚어내는 그 향기는 시간이 갈수록 짙어졌다.

퇴임자의 흔적을 기리는 순서가 쉴 새 없이 이어졌다. 단상에 오른 한 사람을 위한 축사로서 시장을 비롯해 시의원으로 이어지는 한마디가 그날만큼은 한결같이 낮아지는 소리였다. 박수 소리 또한 결코 사라지는 소리가 아니었다. 고향의 청지기로 살았던 퇴임자의 업적이 거듭되는 축사 속에 봄날처럼 환하게 피어나는 순간이었다.

보이는 단의 한계를 이미 초월한 것인가. 식순 따라 반복되던 공적 치사가 치솟더니 한순간 그를 최고봉에 올려놓았다. 힘의 위력이 새삼 우러러 보였다. 하지만 의례적인 행사 속에 수시로 거명되는 유명 인사보다는 각계각층으로 어우러진 사람들의 다양함이 분명 돋보인 자리였다.

퇴임식이 시집 출판을 겸하고 있었기에 그다지 경직된 분위기는 아니었다. 숱한 공직 생활 속에 묻어 둔 인생사가 시집을 통해 한순간 되살아났다. 기나긴 세월을 부여안고 남긴 흔적이 조용조용 제 모습을 드러냈다. 시낭송하는 사람도 감상하는 사람도 모두 다 귀를 기울였다. 구절구절 삶의 애환이 서려 있어 저마다의 가슴을 후벼내는 아픔으로 들려왔다. 파도소리가 낯설지 않은 삶이어서 굽이치는 인생의 파도를 도리어 전환점으로 삼은 것인가. 향토 시인이란 명예도 가만가만 그를 둘러싸며 호위했다. 명예 퇴직이란 굴레에서는 고개를 숙였지만 문학인으로서는 깃발을 높이 든 날이었다.

답사가 이어지자 맡은 임무에 최선을 다했다는 퇴임자의 한 마디가 행사장을 쩌렁쩌렁하게 울렸다. 노련한 말솜씨로 시선을 끌었지만 구구한 변명은 하지 않았다. 어쩌면 진솔한 삶이 묻어나는 한마디가 거추장스런 포장지를 외면했는지도 모른다.

지병으로 고생하는 아내를 향한 짙은 애정이 돌연 그의 긴 한숨 속으로 묻어났다. 사랑한다는 말은 하지 않았지만 이미 열린 눈물샘

이었다. 보이는 부분과 보이지 않는 부분이 포개져 농익은 모습으로 남은 지도 벌써 오래인 듯 닮은 꼴이었다.

그날은 마침표를 위한 수순이어서 다소 아린 날이었다. 그러나 돌아서는 발걸음은 그렇지마는 않았다. 있는 그대로를 보여주는 삶이 아름다워서인지 나는 가랑비에도 흠뻑 젖어야 했다.

점검이 끝났는지 엘리베이터가 다시 움직인다. 나는 버튼을 누르지 않고 그냥 스쳐 지나간다. 윙, 하는 기계 소리와 함께 쉬이 오르락내리락하는 엘리베이터가 불현듯 낯설어진 까닭이다. 아이의 모습과 퇴임자의 모습이 설핏 겹쳐지고 있다. 한 계단씩 오르며 들려오던 발자국 소리가 층층이 들려오는 인기척과 함께 커져가고 있다.

점자 해독을 하듯이

언제부터인가 내 가슴엔 '밤하늘의 트럼펫' 소리가 울려 퍼진다. 은은하게 흐르는 그 소리는 수필 세계와 맞닿아서인지 좀처럼 가라앉지 않는다. 그럴 때마다 나는 두 눈을 꼭 감고 음계를 짚어나간다. 점자 해독을 하듯이 톡톡거리며 소리의 의미를 찾는다.

그것은 삶의 밑창을 들여다보지 않고서는 알 수 없는 소리이다. 엄동설한이 몰아치고 비바람에 너울성 파도주의보까지 내린 오늘 같은 날은 더욱더 그러하다. 창밖을 스치는 사람들의 발걸음이 빨라지는 것도 바닥을 두드리는 소리가 그만큼 커져 가기 때문이다.

삶의 밑창을 들여다보이는 수필을 만나기가 쉽지 않다. 겹겹이 둘러싸인 막을 걷어내도 좀처럼 보이지 않는 까닭이다. 살아가는 이야기임에도 쉬운 말은 놓고 어려운 말로 빙빙 에둘러 풀이한다. 문자

풀이를 하고서도 모자란 듯 책의 구절을 인용해야 한다. 진실은 감추고 허구를 통해 멀찍이 들여다본다. 여운도 감동도 없는 지식 나열식 글들이 주류를 이루고 있다.

고동주의 수필 「군불」은 이러한 우려를 불식시킨다. 삶 자체가 밑창에 그대로 드러나 사뭇 감동적이다. 사라지는 우리네 인정이 그 속에 고스란히 살아 있다. 사람과 사람 이야기가 체온처럼 전해져 생명력을 일깨운다. 사람이라면 누구나 그만큼의 온도가 있을 것이다. 이를 녹여서 수필로 빚어내기란 쉽지 않다. 뜨겁지도 차지도 않은, 늘 그대로의 온도로 독자들의 가슴팍을 달구는 것이 그만큼 힘이 든 것이다.

그런 이유로 수필 「군불」은 아무나 지필 수 없는 '생명의 불씨'로 와 닿는다. 읽을 때마다 사유의 깊이가 남다른 것은 누구에게나 있는 온정을 불러내는 까닭이다. 1960년대 당시, 열악한 현실 속에서 수필 속의 '숙부님'은 조실부모한 '조카'를 제 자식처럼 돌봐 주었다. 통영에서도 멀리 떨어진 외딴섬에서 육지로 공부하러 떠난 조카를 위해 불씨 하나 오롯이 품고 살았던 것이다.

그때 숙부님은 엄동설한에 떨고 있을 '조카'를 위해 "손바닥만한 조각배"에 장작더미를 싣고 "얼어붙은 밤바다"를 무려 다섯 시간 이상 노를 저어 왔다. 그러고서 싸늘한 아궁이에 장작을 한입 물려 불을 지핀 후 숙부님은 저 홀로 다시 멀고 먼 밤바다를 건너갔다. 그때

'숙부님'이 지펴준 '군불'은 반세기가 지난 지금까지도 변함없이 타오르고 있다. '조카'의 가슴속에 불잉걸로 남았다가 수필 「군불」로 되살아나 독자들의 가슴에 꺼지지 않는 불씨로 남은 것이다.

이렇게 피어오른 「군불」 이야기는 모름지기 내 글쓰기의 방향타(方向舵)가 되고 있다. 살아가는 이야기가 이보다 아름다울 수 있겠는가. 나도 '숙부님'처럼 누군가에게 따뜻함을 전해 주는 불씨가 되고 싶었으며, '조카'처럼 그러한 감동의 불씨를 문학으로 틔우는 '감동전도사'가 되고 싶었다.

「군불」은 글쓰기를 위한 기교보다 인생의 깊이를 먼저 깨닫게 했다. 글의 흐름이 흘러가는 강물처럼 자연스러워 글줄을 붙들고 따로 해독할 필요가 없었다. 꾸밈없이 펼쳐진 이야기는 읽으면 읽을수록 감동이었다. 그러니까 숨은그림찾기 하듯이 빙빙 돌아서 갈 필요가 없었다. 지식을 덧칠하지 않아도 될 뿐더러 삶의 지혜만으로도 충분한 감동이었다. 보이는 그 자체만으로도 아름다운, 지난한 삶의 결정체였다.

내가 고동주 선생의 제자가 된 것도 이러한 이유에서였다. 어떻게 쓸 것인가. 아니, 어떻게 살 것인가를 두고 고민하게 한 것이다. 우리네 삶 그 자체가 수필임을 일러주면서 수필쓰기의 방법론을 제시했다. 그것은 저마다의 가슴속에 숨은 온정을 되살리는 길이었다. 그 속에서 우러나는 한 줄이라도 내가 제대로 익히고 남길 수 있다면 무엇을 더 바라겠는가.

> 그날 밤은 방이 따스했는데도 잠이 오지 않았다. 숙부님의 가슴속에서 은근히 타고 있는 모닥불이 나에게로 옮겨와 석유를 끼얹은 듯 활활 타오르는 바람에 나는 감기도 아닌데 신열로 떨고 있었다.
>
> – 수필 「군불」 부분

그래서일까. 글줄이 풀리지 않는 날에는 부지깽이로 「군불」을 뒤적이며 삶의 밑창을 들여다본다. 점자 해독을 하듯이 가만가만 바닥 소리에 귀를 기울인다. 살아 있는 불씨 하나를 훔치고 싶은 마음에서다. 바닥을 들여다보지 않고는 좀체 열리지 않는 가슴인 까닭이다.

위선자의 변(辯)

덜커덩거리는 소리가 커지자 하늘빛이 다시 멀어져 간다. 어둠을 죄다 삼킨 지하철은 어느새 발 디딜 틈이 없을 정도로 붐빈다. 그 틈새로 들려오는 하모니카 소리에 내 무딘 청각이 리듬을 탄다. 귀에 익은 선율을 따라 콧노래가 절로 새어나온다. 땅속 깊은 곳에서의 울림인지 빛살보다 더 빨리 내 가슴을 움직인다.

그가 오는 소리가 아니던가. 앞이 보이지 않는데도 비좁은 통로를 일상처럼 헤집고 다니는 눈먼 사람, 그의 소리가 분명했다. 하모니카를 목에 걸고 한 손에는 지팡이를, 다른 한 손에는 동전 바구니를 든 그가 칸칸이 문을 밀치고 내 앞으로 다가온다. 어떻게 할 것인가. 동대 입구로 가는 3호선 지하철에서 그를 만난 게 벌써 한두 번이 아니다. 그런데도 나는 그에게 한 번도 온정을 내민 적이 없다. 지갑을 만지작거리다가도 막상 그가 가까워지는 순간 동작을 멈추었다. 동전 한 닢이 아까워서가 아니라 그것을 내밀 용기가 없어 멀쩡한 눈을 하고도 눈을 감아 버린 것이다.

그와 정면으로 맞닥뜨린 오늘은 그럴 수가 없다. 가까이 오기도 전에 벌써 내 가슴이 열려 더는 외면할 수 없다. 그렇다고 길만 살짝 틔워 주고 돌아서는 사람들 속으로 자신을 감출 수도 없는 노릇이다.

이런저런 생각을 하던 중에 지하철은 다음 정거장에서 멈췄다. 눈먼 사람의 하모니카 연주와는 아무 상관이 없다는 듯 문이 활짝 열렸다. 그 순간, 타고 내리는 사람들로 붐비던 지하철은 전혀 다른 소리로 들끓었다. 추억의 골든 팝송, '예스터데이'가 들려오는 가운데 음반을 판매하는 한 젊은 사람이 보였다.

그는 지하철에 오르자마자 문 앞에 시디플레이어를 실은 손수레를 세워 놓고 거침없이 음악을 틀어댔다. 그 소리의 파장이 너무 커서 눈먼 사람의 하모니카 소리는 아예 들리지 않았다. 소리 크기를 높일 대로 높인 그는 사람들의 감성을 제멋대로 자극하다 고조될 즈음엔 재빨리 다른 음악으로 바꾸어 버리는 상술을 펼쳤다. 그러다가 '추억의 골든 팝송' 세트를 단돈 만 원에 드리겠다고 하면서 사람들 틈새로 마구 비집고 다녔다.

아주 잠시였는데도 그의 손에는 만 원짜리 지폐가 서넛 쥐어져 있었다. 눈먼 사람의 하모니카 연주에는 눈길조차 두지 않던 사람들의 마음을 시디플레이어가 거뜬히 움직인 것이다. 세상은 아직도 큰 소리가 지배한다는 듯 지폐 한 장을 용케 끄집어내게 한 그의 상술이 새삼 놀라웠다. 간간이 음반을 판매하는 그를 본 적이 있었지만 이렇듯 소리와 소리가 서로 맞닥뜨려진 적은 없었다. 성능 좋은 시디플레이어가 눈먼 사람의 하모니카 소리를 그렇게 빨리 삼킬 줄 미처 몰랐다.

음반 판매상이 지하철에서 내리자 다시 눈먼 사람의 모습이 보이기 시작했다. 내가 예스터데이(?)에 빠져 중심을 잃었을 때, 그는 나에게서 점차 멀어져 가면서 휘청거렸다. 생계의 수단이던 하모니카 소리를 잠식당해 발을 헛짚었던 모양이다. 지하철을 타고 가면서 하모니카 소리가 들리지 않는다는 것은 그가 중심을 잃는 것과 다름이 없었을 터였다.

그런데도 나는 오늘도 눈먼 사람의 연주를 공짜로 들었다. 추억의 골든 팝송을 핑계로 그를 살짝 비켜날 수 있음을 다행으로 여겼다. 검은자위가 없는데도 불구하고 마주칠까 봐 두려워했다. 눈이 멀쩡한 사람들을 의식해 동전 한 닢조차 내밀지 못한 채 다시 또 눈을 감아 버렸다. 그러면서도 백기처럼 펄럭이는 눈동자를 떠올리며 뒤늦게야 그를 생각한다.

무슨 말을 하랴. 채무자의 굴레를 벗어 버릴 수가 없다. 무엇하러 내가 책을 움켜쥐고 앉았던가. 힘겹게 늘어뜨린 가방끈이 새삼 무색한 느낌이다. 생명줄과 같은 하모니카 소리가 허물어지고야 그를 뒤돌아보고 있다.

이 또한 허울에 불과한지 지하철의 안내 방송이 동대 입구임을 알리면서 부랴부랴 나를 일으킨다. 목적지에 도착한 것이다. 엉겁결에 지갑을 열고 승차권을 찾던 나는 멈칫한다. 열린 지갑 틈새로 고개를 빠끔 내밀던 동전들이 일제히 나를 겨냥하고 있다. 마치 내 얄팍한 동정심을 두고 무어라고 나무라는 눈치이다. 벌침같이 따끔한 느낌이다.

챙이골* 아지랑이꽃

할 말이 있어도 말을 하지 않을 때가 있다. 말로 다 표현할 수 없을 때엔 차라리 말문을 닫아 버린다. 말문이 닫힌다고 글문까지 닫히는 것은 아니다. 살아 있다는 것은 사유하는 일이어서 끊임없이 열리는 문(門)이다. 이를 입증하듯 한 시인[1]은 살아생전 누군가를 그리워한 편지를 씀으로써 사유의 깊이를 더했다. 살아 있으므로 열리는 글문임을 발견하고 부단히 글줄을 풀어나갔다. 그것은 세상을 떠

* 챙이골 : 거제시 사등면 사등리 성내 동쪽 밀밭등 서쪽에 챙이(키) 모양의 골짜기.

1) 사등면 사등리 출생(1929~2011.9). 시집 『섬』(1955) 외 11권, 시선집 1권, 유고 시집 1권을 남긴 거제도 향토 시인. 거제문예 동호회 초대 회장(1960), 한국문협 거제부지부장(1996), 초등학교 교가 작사(신현초, 중곡초, 신현초, 양지초 외), 교사(41년간), 예총회장(8년), 문교부장관상(1989), 국민훈장목련장(1995), 경남예총 공로상(1996), 한맥문학상(1998), 효당문학상(1999), 한국예총문화상 공로상(1998), 한국예술문학상 공로상(2002), 경남예술인상(2001), 거제시민상(교육문화)(2004) 외 다수. 시비(詩碑) : 포로수용소 유적관, 능포조각공원, 월남참전 기념비, 장승포항, 일운면사무소, 와현 등 다수)

난 이후까지도 문자로 살아 있는 그의 진실이다.

그들의 이야기는 1950년, 한국전쟁으로 거슬러 올라간다. 그때 거제도는 전쟁 포로들과 난민들을 수용하는 남녘 끝 섬이었다. 그는 난민수용소의 군 장교로서 14대조 할아버지 때부터 숙명처럼 거제도 토박이로 살아가는 스물두 살의 청년이었다. 반면, 그녀는 피난민으로 흥남부두에서 사흘간 굶주린 채 거제 장승포항으로 떠밀려온 스무 살의 처녀였다. 이른바 기적의 배, 메러디스 빅토리(Meredith Victory)호[2]에 짐짝처럼 매달려 목숨을 부지한, 10만여 명의 피난민 중 한 사람이었다.

그런 그들이 만난 것은 어쩌면 운명이었는지 모른다. 피난민수용소에서 미모와 학식을 두루 갖춘 그녀가 성포면사무소로 차출된 것이다. 거기서 사무를 보던 그녀가 하마터면 죽을 뻔한 적이 있다. 수용소에 수용된 고향 사람 2명에게 외출증을 끊어준 것이 화근이었다. 그들의 행방이 묘연해지자, 다급해진 소장이 그녀를 간첩으로 몰고 가 지하 감방으로 보낸 것이다.

그때 그 부대의 책임자로 있던 장교가 바로 그였다. 백방으로 수소문한 끝에 도망간 사람들을 찾아내 급기야 수용소로 데려온 것이다. 그리하여 그녀는 간첩의 누명을 벗고 지하 감방에서 풀려날

---

2) 인류 역사상 단일 선박으로 가장 많은 사람의 목숨을 구한 배로서, 세계 최대 규모의 구조 작전을 성공시킨 것을 인정받아 기네스북에 등재돼 있다.

수 있었다. 전시(戰時) 중엔 이념 대립이 극명했던 터라 한번 간첩으로 몰리면 죽기 십상이었다. 그런 아슬아슬한 순간에 그가 목숨을 구해준 것이다. 그날로부터 그녀는 생명의 은인인 그를 혈육처럼 의지하고 따랐으며, 그는 혈혈단신인 그녀를 오누이처럼 생각하고 애틋한 정을 더했다.

그러던 어느 날 그는 결혼을 했다. 본인은 물론 집안과 집안끼리 약조(約條)한 부부 연분이 따로 있던 것이다. 오누이처럼 생각한 그녀를 은근슬쩍 좋아했었지만, 그것은 현실 밖의 일이었다. '결혼'이라는 것이 정작 두 사람만의 일은 아니어서 이북 처녀와는 이루어질 수가 없었다. 그녀 또한 부모형제의 생사조차 알 수 없는 난리통에 누군가와 백년가약을 맺는다는 것은 용납할 수 없는 일이었다.

부득불 그녀는 외딴섬, 거제도를 떠났다. 부산에서 일가친척들이 모여살고 있다는 소식을 알음알음 전해들은 것이다. 천애 고아가 아닌 그녀로서는 하늘, 땅 아래 어느 곳이든 부모형제를 찾아나서야 했다. 그러다가 부산으로 피난 온 이북 친척들을 만나기도 했지만 부모형제의 소식만큼은 알 길이 없었다. 하루아침에 전쟁 고아가 된 그녀는 서울로 올라가 상공부에 취직한 후 배필을 만나 결혼했다.

그로부터 50년이 훌쩍 지났다. 그도 그녀도 배우자를 사별한 이후에야 다시 만날 수 있었다. 제각기 결혼해 낳은 자식들의 자식들, 이른바 손자들의 나이가 그들이 처음 만났을 때처럼 스무 살을 넘었으니, 못 만날 이유는 없었다. 가슴 한쪽에 이산 가족과도 같은 애틋한 정이 남아 있었다.

그때 일흔을 넘기고 백발이 무성한 그의 손엔 시집(詩集) 몇 권이 들려 있었다. 그가 쓴 자작시(自作詩)로서 구구절절 그리움 일색이었다. 그녀가 외딴섬, 거제도를 떠난 후부터 글문으로 피어나기 시작한, 챙이골의 아지랑이였다. 그것은 봄날만 피어나는 것이 아니라 사시사철 조곤조곤 피어나는 이야기꽃이었다.

이를 위해 그는 꼭두새벽이면 일어나 책상에 앉아 글문을 열곤 했다. 아지랑이꽃으로 밤낮없이 피어나는 그녀에게 못다한 편지를 쓴 것이다. 그것은 생사조차 알 수 없는 그녀를 그리워하며 스스로를 다독이는 침묵의 소리였다. 아니, 허스키하면서도 리드미컬한 그의 참노래였다.

그래서일까. 그녀를 다시 만나고 난 이후부터 쓴 편지는 '주소 있는 편지'로 부쳐지면서 곧장 날개를 달았다. 그런 만큼 그의 하루도 바빠지기 시작했다. 손으로 쓴 글을 컴퓨터에 입력하고 2장씩 복사하는 일은 그의 또 다른 즐거움이었다. 한 장은 그가 가지고, 다른 한 장은 그녀에게 보내는 편지였다. 한편으론 일상처럼 쓴 편지를 우체통에 넣는 일은 그가 살아 있는 날의 기쁨이었다.

생사조차 알 수 없었던 지난날엔 '주소 없는 마음의 편지'[3]로서 마

3) 시 「우체통 연서」 부분

음을 다독이던 그였다. 이를 안타깝게 지켜보던 지인(김화순 전 거제시국장)의 도움으로 급기야 '주소 있는 편지'를 보내기 시작한 것이다. 그녀는 우표 한 장이면 하루 만에 거뜬히 닿을 수 있는 우리나라 땅, 서울에 살고 있었다.

이렇게 우체통을 드나드는 가운데 그녀가 받은 편지는 무려 열다섯 묶음이나 된다. 그녀를 다시 만난 이후부터 소인(消印)이 찍혀 배달된 것이다. 그런 만큼 애틋함이 더했지만, 종내 남남일 수밖에 없는 그들이었다. 그리우면 그리운 대로 남겨두고 저만치 떨어져 살아가는 것을 운명처럼 받아들였다.

그것은 못다한 정(情)을 다독이며 살아가는 한 시인의 고독한 사랑 방정식이었다. 한편으론 아내를 여읜 채 빈집에서 홀로 살아가는 삶의 연장선상에서 피어난 이야기꽃이었다. 때로는 깊어질 대로 깊어진 그리움을 어찌하지 못해 그리움 그 자체를 통째로 안고 살았다. 그리하여 그리운 그 사람을 만난다고 해도 딱히 없어지는 그리움이 아님도 알았을 것이다.

살아생전 그는 끊임없이 사유하는 가운데 그녀에게 못다한 편지를 보냈다. 흔적 없이 사라지는 말문은 닫고, 글문만 열어 놓은 채 한사코 그리움의 꽃을 피운 것이다. 어쩌면 어느 날 홀연히 떠나간 그 사람보다는 '멀어서 좋은 그리움'을 더 사랑했는지 모른다.

그가 남긴 2천여 통의 편지는 이러한 마음을 대신 이야기하듯 그리움의 알갱이로 낱낱이 꿰어 놓았다. 그리하여 먼먼 그리움의 시간을 죄다 불러들이고 그녀를 편지 속의 주인공으로 정중히 초대하곤 했다. 그것은 그가 나눌 수 있었던 마지막 사랑이었다. 그런 만큼 매일같이 우체통 앞을 오가며 편지를 부치던 그의 마음도 간절했을 것이다.

하지만 날이 갈수록 편지쓰기를 통한 사유의 시간은 줄어들었다. 오랜 지병(持病)으로 거동이 불편한 그는 예전처럼 그리움에 물든 편지를 보낼 수가 없었다. 주소 있는 편지를 두고도 부칠 수 없는 몸이었으니, 마음속에 피어나는 그리움도 하나씩 걷어내야 했다.

그러던 어느 날인가 그녀에게 오던 편지가 멈추었다. 그가 세상을 떠난 것이다. 창밖엔 그리움의 꽃이 피어나 호시절(好時節)을 다시 불러들이는데, 그는 마지막 남은 온기마저 다 거두고 홀로 떠나갔다. 말문만 닫은 것이 아니라 글문까지 죄다 닫아 버린 것이다. 편지 속으로 초대한 그녀에겐 숱한 그리움만 남기고 떠나갔다. 사람을 그리워하다 깊어질 대로 깊어진 사유(思惟)의 언저리에서 어이없이 그만 생(生)을 놓아 버린 것이다.

삶도, 사랑도, 세상도 더 이상 부질없음인지 저리로 훠이훠이 멀어져 갔다. 살아생전 멀어서 좋은 그리움의 노래를 부르더니, 그 자신 스스로 '그리움'이 된 채 하염없이 멀어져 갔다. 그리하여 아득히 먼 하늘의 별이 되어 고향땅, 챙이골을 가만히 내려다본다. 그의 무덤가로 둘러싼 챙이골, 골짜기로 몽글몽글 피어나는 아지랑이꽃을 밤낮없이 찾고 있다. 그것이 그가 사랑한 먼먼 그리움의 실체(實體)임을 말하듯 오늘도 그렇게 반짝이고 있다.

한 톨의 밀알처럼

한밤중에 쇼스타코비치의 왈츠곡이 내 무딘 허리를 사정없이 휘감았다. 한 바퀴 빙글 돌던 나는 무도회의 주인공인 양 두 눈을 꼭 감았다. 이런 나와는 달리 음악은 더욱 박진감 있게 들려왔다. 그것이 내 휴대폰 벨 소리라는 사실을 알았을 때는 무도회가 무르익은 뒤였다.

귓전에 들려오는 그 음악은 나지막이 새어드는 달빛 사이로 환상의 춤곡인 양 나를 유혹했다. 무작정 리듬을 탈 수 없었던 나는 방바닥에 나뒹구는 전화기를 집어 들고 재빨리 통화 버튼을 누른다. 그 순간 왈츠곡이 멈추고, 무도회가 멈추고, 쉴 새 없이 흘러내리던 내 감성도 따라 멈추었다.

"여보세요."

"여기는 미국 플로리다 주인데요……."

"어디라고요?"

"저는 플로리다 주에 살고 있는……."

"그런데요?"

플로리다 주에 지인이 없었던 나로서는 퉁명한 목소리로 말을 건넸다. 잘못 걸려온 전화라는 생각을 한 나머지 상대방의 말을 건성으로 받아들인 것이다. 이런 나와는 달리 수화기 저쪽에서 들려오는 소리는 그렇지 않았다. 서툰 우리말로 자신이 누구인지 밝히고 내 이름 석 자를 또박또박 힘주어 말하는 게 아닌가.

그는 수십 년 동안 한국을 떠나 살고 있는 재미 교포라고 한다. 우연히 그의 손에 들어온 문학지를 통해 내 수필 「계단을 오르면서」를 읽고 전화를 걸게 되었단다. 마침 그가 처한 상황과도 비슷해 공감할 수 있어 몇 번이나 되풀이해서 읽었다는 것이다.

수필 속의 주인공처럼 그 또한 수십 년 동안 일군 일터에서 갑자기 물러나게 되었다고 한다. 이로 인한 허망함을 딛고 다시 일어선다는 게 쉽지 않았단다. 더욱이 고국을 떠나 머나먼 타국에서 겪은 퇴임이어서 더욱 막막했다는 것이다. 그런 그가 읽은 수필 한 편이 그날의 기억을 떠올리면서 지난 삶을 반추하는 중요한 계기가 되었다는 게 아닌가.

그 순간 나는 아무 말도 하지 못했다. 내 글에 대한 칭찬은 고마웠지만 아무리 생각해도 과찬인 것 같아서였다. 어쩌면 인생의 대선배일 것 같은 그에게 내가 할 수 있는 말이 없었는지 모른다. 펜을 놓은 지 오래여서 마땅히 보여줄 다른 작품이 없다는 것만으로도 곤혹스러웠다.

가슴 한쪽에서 난데없이 희비 쌍곡선이 그려졌다. 이 일, 저 일 핑계로 그동안 글밭을 떠나 있던 내가 들어야 할 소리가 아니었기 때문이다. 나는 겉으로는 기뻤으나 속으로는 몹시 허둥댔다. 글쓰기보다는 말하기를 더 좋아했던 터라 쥐구멍이라도 있으면 숨고 싶었다. 정작 해야 할 말을 하지 못하고 비싱구만 찾는 격이었다.

그러고 보니, 그는 며칠 전에 받은 편지의 발신인이었다. 통화 속의 내용처럼 머나먼 이국땅에서도 공감할 수 있는 수필이어서 불현듯 나에게 편지를 보냈다는 것이다. 그러면서 다른 글도 읽고 싶다고 하면서 내 수필집을 물어 보았다. 아직 수필집을 내지 못한 나로서는 이래저래 난감한 노릇이었다. 글이 좋아 글밭을 찾았던 내가, 바깥세상에 나갔다가 아예 퍼질러 앉아 놀고 있는 줄 어찌 알겠는가.

살금살금 멀어져간 글밭에서 나를 찾는다는 게 쉽지 않다. 느닷없이 날아온 전화 한 통으로 나는 불현듯 그가 남긴 흔적을 좇는다. 우리말로 쓴 그의 편지와 함께 그가 남긴 한 마디가 황무지로 남은 내 글밭에 거름으로 작용할 것 같아서이다.

누군가 남긴 흔적을 따라 내가 가고, 내가 남긴 이 흔적을 따라 또 다른 누군가가 갈 것이다. 마치 긴 터널과도 같은 막막한 세월 속에 내가 남길 수 있는 것은 무엇인가. 누군가로 인해 무도회의 주인공이 된 것처럼, 내 글이 한 알의 밀알처럼 세상 속에 던져지길 원한다면, 지나친 욕심일까.

쇼스타코비치의 왈츠곡이 멈춘 지 오래임에도 내 가슴은 여전히 리드미컬하다. 그래서 잠 못 드는 밤인가. 느닷없이 걸려온 한 통의 전화, 그 흔적을 위해 이렇듯 새벽녘에 다시 일어난 것인가.

사람꽃이 피었습니다

누구나 할 수 있다. 그렇지만 그 사랑은 누구나 할 수 있는 것이 아니다. 자신이 가진 것을 다 주어도 감당할 수 없는 일이어서이다. 그런데도 6 · 25전쟁으로 남편을 잃은 한 사람[1]은 하나밖에 없는 자식을 남의 손에 내맡기고 그 사랑을 온몸으로 받아들였다. 운명처럼 만난 7명의 전쟁 영아 어머니로 살아간 것이다. 그것도 사방에서 파도가 철썩거리는 외딴섬, 거제도에서의 일이다.

그녀는 일제강점기 때 2남 5녀 중 넷째딸로 태어났다. 그때 작은어머니(27살)는 만주에서 남편을 잃은 채 자식도 없이 홀로 살았다. 이를 안타깝게 여긴 아버지가 둘째아들과 넷째딸을 각각 작은 집의

1) 김임순(1925~) : 사회복지법인 거제도 애광원 원장, 국민훈장 석류장(1970), 막사이사이상(1989), 호암상(1994), 국민훈장 모란장(1997), 유관순상(2007) 수상.

양자, 양녀로 보냈다. 양자와는 달리 넷째딸인 그녀가 양녀가 된 것은 순전히 당시의 풍습 때문이었다. 어머니가 돌아가시면 딸이 흰 가마(등)를 타고 집으로 들어오면서 "애고지고애고지고" 곡(哭)을 해야 초상집이 쓸쓸하지 않다는 것이었다.

부득불 그녀는 아버지의 뜻에 따라 태어난 지 7개월 만에 남의 자식이 되었다. 자신의 의지와는 상관없이 작은집으로 떠난 것이다. 그날로부터 19살 때까지 작은어머니를 '어머니'라 부르며 하나밖에 없는 '딸'이 되었다. 홀어머니의 사랑을 한몸에 받으며 각별한 보살핌 속에 자랐다.

그러던 어느 날, 여학교 구술 시험 때 선생님이 아버지의 안부를 물어보았다. 아버지가 돌아가셨다고 하자 아차, 하는 표정으로 말끝을 흐린 그는 다른 말로 얼버무렸다. 이상한 나머지 그녀는 호적부를 자세히 들여다보다가 깜짝 놀랐다. 아버지 이름자가 들어갈 자리에 아버지가 보이지 않았다. 그 자리엔 뜻밖에도 큰아버지가 아버지로 둔갑한 것이다.

혼돈 속에 빠진 그녀는 어머니에게 호적부를 보여주면서 아버지가 다른 이유를 따져 물었다. 그러자 어머니는 이를 들여다보고서 한 마디도 언급하지 않았다. 이유를 알지 못한 그녀는 사흘간 밥도 먹지 않고 이불을 덮어쓴 채 울기만 했다. 뒤늦게야 이모를 통해 그럴 수밖에 없었던 속사정을 들었다. 그로부터 그녀는 홀로 된 어머니의 아픔도 낱낱이 헤아릴 수가 있었다.

이런 이유로 그녀는 어릴 때부터 아버지임에도 '아버지'라 불러 본 적이 없고, 어머니임에도 '어머니'라 불러 본 적이 없다. 일찍이 남편을 잃은 작은어머니가 가슴으로 낳아 길러준 하나밖에 없는 딸이었다. 그녀가 아니면 어머니라고 부를 수 있는 '딸'이 없을뿐더러, 그렇게 제 몸처럼 따뜻하게 품어줄 수 있는 '어머니' 또한 없었던 것이다.

돌이켜보건대 그녀는 자신의 의지와 상관없이 남의 집 딸이 되었다. 그런 만큼 그녀에게 주어진 삶도 보통 사람의 그것과는 분명 달랐다. 자신의 의지대로 살아가지 못하고 운명처럼 한 발짝씩 비껴가는 모양새였다.

부부의 연 또한 이와 다르지 않았다. 결혼한 지 2개월 만에 그녀는 남편과 예기치 않은 이별을 맞았다. 아버지의 회갑연에 부부가 나란히 왔다가 입덧이 심한 그녀는 친정에 남고, 남편(영어 교사)은 수업 때문에 먼저 서울로 떠난 것이다. 그 길로 6 · 25전쟁이 터져 갑작스레 남편을 잃은 그녀는 부부의 연(緣)을 더 이상 잇지 못했다. 그 이듬해 상주에서 남편을 빼닮은 딸을 낳았지만 이를 알릴 방법은 없었다.

뒤늦게야 시어머니가 거제도에서 피난 생활을 하고 있다는 소식을 들은 그녀는 친정집을 떠났다. 남편의 근황이 궁금해 갓난아기를 들쳐 업고 부랴부랴 부산으로 내달렸다. 거기서 다시 세 시간 가량 배를 타고 바다를 건너고서야 거제도 땅에 닿을 수 있었다. 그때가 1951년 8월 중순, 그러니까 64년 전의 일이다.

당시 거제도는 고현, 수월 지구 등 360만 평의 땅을 포로수용소로 제공함에 따라 거의 전 지역이 포로수용소라 해도 과언이 아니었다. 10만 명이 살던 거제도에 포로 17만 3천 명, 피난민 20만 명이 삽시간에 몰려들었으니, 그야말로 아수라장이었다. 이런 난리통에 만난 시어머니에게 남편의 소식을 물었으나 알지 못했다. 시아버지의 소식조차 끊어진 채 홀로 살고 있었다. 할 수 없이 그녀는 시어머니의 단칸방에서 젖먹이 딸과 함께 가까스로 목숨을 부지했다.

그러던 어느 날, 교회에서 예배를 마치고 나오던 중 우연히 대학 시절의 한 은사를 만났다. 그는 다짜고짜로 그녀를 붙들면서 어디론가 동행해 달라고 부탁했다. 얼떨결에 그녀는 등에 업힌 젖먹이를 시어머니에게 맡긴 채 따라갔다. 그러자 그는 꼬불꼬불 논두렁길을 지나 장승포 산비탈 허름한 움막 앞에서 길을 멈추었다.

움막으로 들어가니, 가마때기에 누운 일곱 명의 갓난아기들이 허기진 채 정신없이 울고 있었다. 머리맡에는 낡은 주전자, 미군 우유 깡통, 찌그러진 냄비 하나가 고작이었다. 온기를 찾아볼 수조차 없는 싸늘한 냉방이었다. 더욱이 미군 모포에 싸인 갓난아기 세 명은 아직 탯줄도 마르지 않은 상태였다. 그런 비참한 지경에 놓인 전쟁 영아(嬰兒)들을 그녀에게 맡아 달라는 게 아닌가. 몇 시간만 맡아 달라는 것도 아니었다. 이는 전쟁통에 살아남은 자가 마땅히 감당해야 할 몫이라고 일렀다. 그러면서 그는 난감한 표정으로 고개를 젓는 그녀를 홀로 남겨둔 채 총총걸음으로 멀어져 갔다.

부득불 그녀는 냉기로 가득 찬 움막에서 전쟁 영아들을 돌보며 뜬눈으로 밤을 지새웠다. 움막 속에 버려진 비참한 아기들을 부둥켜안고 울면서 온기를 불어넣은 것이다. 그러면서도 벗어날 수만 있다면 벗어나고 싶다는 기도를 했다. 명문 대학[2]을 졸업한 자신이 그런 비참한 아기들을 언제까지나 돌봐줄 수 있는 입장이 아니었다. 한때는 독립 운동가가 되고 싶었던 그녀는 해방을 맞이하면서부터 농촌계몽가, 사회 운동가가 되고 싶었다. 그런 꿈들이 한낱 망상처럼 스쳐가는 길고 긴 혼돈 속 하룻밤이었다.

종내 그녀는 자신에게 안겨진 전쟁 영아들을 내팽개치고 떠날 수는 없었다. 비참하게 버려진 갓난아기들과 평생 같이 살아가기로 다짐한 것이다. 한번 버림을 받은 아기들이 다시 누군가에게 버림을 받아야 할 이유는 없었다. 누군가가 감당해야 할 일이라면, 그 누군가가 따로 있는 것이 아니라 바로 자신의 몫이라는 생각에서였다.

그래서일까. 새벽종 소리를 타고 꿈결처럼 들려온 하나님의 음성[3]

---

2) 1949년, 이화여자대학교 가사과(1회) 졸업

3) "왜 그 아이들 수준으로 떨어지려 하느냐. 그 아이들의 생활을 네 수준으로 끌어올려라!"

은 그녀에게 인간의 의지를 넘어선 또 다른 의지로서의 삶을 요구했다. 이는 비참한 지경에 놓인 전쟁 영아들을 자신의 수준으로 끌어올려야 한다는 잠언이었다. 할 수 없이 그녀는 자신의 젖먹이 딸은 시어머니에게 내맡기고 남의 아기들을 오롯이 품고 살았다. 제 자식만 자식이 아니었던 셈이다. 전쟁으로 상실된 인간의 존엄성을 되찾기 위한 자신과의 고독한 전쟁이 시작된 것이다. 불과 27살이었다.

운명이란 피하고 싶다고 해서 피할 수 있는 것이 아니었다. 어머니가 그랬던 것처럼 그녀도 27살 때부터 남의 자식을 제 자식으로 품은 것이다. 그날로부터 전쟁 고아들의 어머니가 된 그녀는 아이를 돌보는 일을 천직으로 여기고 살았다.

'애광영아원(1952)'이 개원되자 전쟁 중에 버려진 아기들이 순식간에 밀려왔다. 아기 돌보기를 자원하는 어머니들도 여기저기 모여들었으니, 인간 생명의 산실이 따로 없었다. 이를 모태로 한 '거제도 애광원'은 자연히 전쟁 고아들의 집으로 자리 잡았다. 여기서 자란 690여 명의 아이들은 대학 교수, 성직자, 교사, 군 장교, 회사원 등 각양각색의 직업으로 사회에 진출했다. 이러한 중심에는 사랑으로 한결같이 품어준 '어머니'가 자리하고 있었다. 그들의 가치를 최고로 인정한 그녀는 전쟁 고아들의 대모(大母)'였다.

입양, 진학, 취직한 아이들이 떠나자 남은 아이들은 대부분 지적 장애아였다. 이를 말해 주듯 애광원 문 앞에는 자고 나면 버려진 지적 장애아들로 골머리를 앓을 정도였다. 그들은 전쟁 고아들과는 전혀 다른 상황이었다. 단지 지적 장애아라는 이유로 부모에게 버림받은 아이들이었다.

종내 이들을 외면할 수 없었던 그녀는 다시 지적 장애아들의 어머니로 살아가야 했다. 자신의 의지와는 상관없이 주어진 그 삶을 운명처럼 받아들였다. 정상아들은 다른 사람이 키울 수가 있겠지만, 지적 장애아들은 자신이 아니면 키울 수 없다고 판단한 것이다. 따라서 전쟁 고아들의 집 '애광원'은 설립 25년 만에 지적 장애아들을 위한 집으로 바뀌었다. 특수학교인 '거제애광학교'를 세워 체계적인 교육과정을 통해 그들이 사회에 진출할 길도 열어주었다.

그뿐이랴. 중증 장애아들의 재활과 치료를 돕기 위한 '민들레집'도 개원했다. 여기에 거주하는 100여 명의 중증 장애아들은 인간의 한계에 도전하는 가운데 민들레같이 강한 생명력을 이어간다.

그들은 스스로 할 수 있는 일이 거의 없다. 누군가의 도움을 받지 않으면 한 숟갈도 떠먹을 수가 없다. 뛸 줄도 모르고 표현할 줄도 모른다. 제 생각대로 제대로 할 수 있는 것이 별로 없다. 누군가 손과 발이 되어 주는데도 인식조차 못하는 아이들도 있다. 그럼에도 사람의 향기가 남다른 것은 어떤 상황에서도 '할 수 있다'는 희망을 잃지 않고 있어서이다.

여기에는 민들레처럼 낮은 사람들이 서로를 의지하며 살아간다. 도전과 도전을 거듭하는 가운데 삶의 가치를 일깨우며 살아간다. 살아 있다는 것만으로도 충분히 아름다운 사람들이다. 그런 민들레 홀씨들이 햇살 아래 누운 채 살랑살랑 바람을 탄다. 파도소리를 벗하며 환하게 웃는다. 낮아지지 않으면 결코 만날 수 없는 사람들이다. 그럼에도 그들과 핏줄처럼 함께 나누고 살아가는 그녀는 참으로 행복한 사람이다. 인간 존중의 정신을 온몸으로 실천한 '참사람'이 아닐 수 없다.

무엇을 위해 살 것인가. 사람이, 사람으로서 존중받지 못한다면 살아 있는 것이 아닐 것이다. 살아갈수록 '사람'이 보이지 않는 세상이다. 돈도 명예도 다 가진 사람들 속에서 '사람'을 만나기가 쉽지 않다. 사람을 만나면서도 '사람'이 그리운 것은 사람과 사람의 정(情)이 못내 그리워서이다.

사람이 그리운가. 그렇다면 장승포 산비탈길로 살짝 돌아서 가자. 거기에는 지적 장애아들의 가치를 최고로 인정한 성자(聖者)가 있다. 사람다운 사람이 있다. 평생을 사랑해도, 사랑이 부족할 수밖에 없는 그녀의 해맑은 아이들이 있다.

그녀가 '거제 사람'으로 거듭난 지도 어언 64년이다. 91살의 나이가 무색할 정도로 소녀같이 앳된 얼굴이다. 소탈한 목소리와 함께 피어나는 환한 미소가 '사랑과 빛의 동산' 구석구석을 밝히고 있다.

한때는 35도로 경사진 장승포 산비탈길을 하루에 여러 차례 오르내리며 아이들을 품어주곤 했었다. 아흔이 지난 지금은 무릎의 연골이 닳을 대로 닳아 지팡이에 의존해야 한다. 지팡이를 짚어도 예전처럼 마음껏 품어줄 수가 없다. 그래서 슬픈 어머니이다.

지적장애아들의 어머니로만 살아가는 그녀는 전쟁 고아들을 잊고 살 때가 많다. 그들은 지적 장애아가 아니어서 그녀 품을 떠나갈 수 있었다. 그녀가 있는 '애광원'은 더 이상 전쟁 고아들의 집은 아닌 것이다. 지적 장애아들의 집으로 거듭났기 때문이라면 지나친 역설일까. 이는 낮은 곳에서 살아가는 사람만이 알 수 있는 진실이다. 여기에는 한평생 인간의 존엄성을 일깨우고, 사랑으로 화답하는 사람꽃이 있다. 그 꽃의 향기는 역경을 이겨내고 도전하는 사람만이 맡을 수가 있다. 그래서 오늘도 말갛게 피어나는 꽃이다.

3부

이유 있는 눈물

임기응변의 시대

최근 한 수험생은 자신이 지망한 S대학에 '불합격'하고도 뉴스거리가 되고 있다. 자연계 유일한 수능 만점자인 그는 지난해 이미 조명을 받은 바 있다. 그런데도 다시 조명하는 것은 자신의 SNS에 올린 글이 알려지면서 사회적 이슈가 된 까닭이다.

그는 60만 명이 응시한 수능 시험에서 전 과목 만점을 받아 '공부의 신'이라 불리기도 했었다. 그런 만큼 '신(神)'이 지망한 대학에 합격하는 것은 당연지사였다. 그도 그렇거니와 사회의 통념상 누구나 공감할 수 있는 일이었다. 그럼에도 불구하고 그는 불합격의 고배를 마셔야 했다. '공부의 신'이 '들어갈 수 없는' 대학도 있었던 셈이다.

수능 성적이 모든 것을 대변할 수 없음을 알리듯, 해당 대학은 최종관문인 구술 면접에서 그를 여지없이 떨어뜨렸다. 구술 면접이란 상황 대처 능력, 논리적 사고력 및 소통 능력 등을 평가하는 이른바 말로 하는 논술이다. 6개의 질문 중 4개는 인성, 2개는 사고력을 평가하는 문제인데, 여기서 그는 탈락한 것이다. 이러한 사실을 SNS에 올린 그는 합격자인 양 행세했던 자신의 부끄러움도 함께 고백했다.

얼마나 더 완벽해야 지망한 대학에 합격할 수 있단 말인가. 그의 인성에 어떤 결정적인 흠이라도 있었던 것일까. 면접 시험은 면접관의 주관으로 정답이 달라질 수 있다. 주어진 문제를 '어떤 방향'으로 보느냐에 따라 정답은 오답이 되고, 오답은 정답이 된다. 그런 점에서 객관성을 요구하는 정답이 없을 수도 있다. 면접 성적을 수험생이 가늠할 수도 없다.

불합격한 그는 더 이상 신이 될 수가 없었다. 구술 면접을 잘 치렀다고 여긴 그의 예상은 어이없이 빗나갔다. 아쉬움을 토로하듯 그는 "다른 방향으로 생각해 보면"이라는 글을 덧붙이며 자신의 "성격이 괜찮다"는 평판을 듣고 살았음도 내비쳤다. 그러면서 현실을 인정한 그는 2수, 3수 끝에 수능 만점자가 되었지만 구술 면접의 벽은 넘지 못한 것이다.

그가 원하는 대학은 인간의 영역을 초월해야 들어갈 수 있었던 모양이다. 문자로 풀어내는 시험만으로는 변별력이 부족해 말로 풀어내는 구술 시험을 통과해야 한다. 구술 면접이 좌지우지하는 대학인 것이다. 이런저런 이유로 그는 대학이 원하는 인재상이 아니었을 수도 있다. 그렇지만 '수능 시험'이라는 험난한 고지를 넘어선 수험생이 다시 '즉문즉답'할 수 있는 능력자가 되어야 한다면, 이 또한 문제가 될 수가 있다.

임기응변의 시대이기 때문인가. 대학으로 가는 문이 갈수록 미로(迷路) 찾기이다. 좁은 문이기 때문만은 아니다. 그곳으로 들어가기 위해 갖추어야 할 요건들이 너무 많아서다. 그것이 학문의 진리를 위함이라면 달리 할 말이 없다. 이로 인해 개인의 행복을 잃어서는 안 될 것 같아서 하는 말이다.

행복은 성적순이 아니다. 수능 성적 또한 모든 것을 대변하는 것은 아니다. 그러나 개인의 주관이 작용하는 구술 면접이 자칫 객관성을 상실할까 봐 염려된다. 대학에 입문(入門)하기도 전에 요지경 세상을 다 알아야 한다면, 굳이 대학에 들어가야 할 이유가 있겠는가.

아는 것은 중요하다. 그러나 깨치는 것은 더 중요하다. 깨치는 것은 하루아침에 되는 것이 아니다. 살아가다 보면 말하지 않아도 자연스레 깨칠 때가 있다. 그것은 인간이므로 가능한 일이다. 그렇듯이 그는 신이 되려고 공부한 것은 아니었을 것이다. 수능 만점자가 되기까지 깨달은 바도 적지 않았을 것이다. 불합격하고서도 세상과 소통하는 그는 이미 깨친 나머지인지도 모른다.

흔들리는 정체성

인간은 자유이다. 무엇을 선택하든지 그것은 개인의 자유이다. 여기에는 반드시 책임이 뒤따라 신중을 기하게 된다. 때로는 잘못된 선택이 우(遇)를 범할 때도 있지만, 그렇다고 선택하지 않을 수는 없다. 그나마 선택의 여지가 있다면 다행한 일이다.

불행하게도 우리나라는 나라를 빼앗겨 주권을 상실한 채 36년간 일본의 식민지로 살아왔다. 우리말과 글을 사용할 수 없었음은 물론이고 성과 이름까지 일본식으로 강요당했다. '나라'가 없었으니, 태극기와 애국가는 있어도 없는 것이었다. 우리 것이란 우리 것은 죄다 지우고 살아야 하는 터라 선택의 여지가 없었다.

그런 가운데서도 시인 유치환은 "나는 한국인이요/ 할아버지의 할아버지적 물려받은/ 도포 같은 슬픔을 나는 입었소/ 벗으려 해도 벗을 수 없는 슬픔이요/ 나는 한국인이요/ 가라면 어디라도 갈/ 꺼우리팡스요"(「도포」 부분)라고 되뇌면서 자신의 정체성을 찾았다. 이역만리 북만주 땅으로까지 이주하였으나, 이디로 가든지 '꺼우리팡스', 즉 망국지민(亡國之民)으로 존재했다. 나라 잃은 민족으로서의 삶, 그것이 당시 한국인의 정체성이었다.

마라토너 손기정은 베를린올림픽(1936)에 출전했을 때 '태극기'를 가슴에 달지 못했다. 한국인임에도 그의 국적은 '일본'이었고, 이름은 기테이 손(Kitei Son)으로 표기되었다. 세계 신기록으로 우승하고도 우리나라 사람임을 알릴 수가 없었다.

그가 딴 금메달은 우리나라 것이 아니었다. '나라'가 없었으니 응당 '우리'도 없었다. 일장기가 올라가고 기미가요가 울리는 상황에서 그는 가슴에 달린 일장기를 월계수로 가리고 울분을 삭여야 했다. 그의 나라는 일본이 아니었기 때문이다.

나라 잃은 설움을 겪지 않은 사람은 모른다. 필자 또한 그 시대를 살아 보지 않았으니 이를 알지 못한다. 다만 그 시대 사람들의 증언과 역사를 통해 당시의 실상을 짐작할 수 있을 뿐이다. 그런데도 굳이 '나라'의 속사정을 들추고자 하는 것은 우리 속의 '우리'가 사라지는 것 같아서이다.

우리나라는 일제강점기를 거쳐 6 · 25전쟁 등을 겪은 분단된 나라이다. 그런 점에서 다른 나라와는 확연히 다르다. 약소 국가이던 우리나라는 나라 잃은 설움을 극복하고 세계 선진국 10위권을 넘보는 경제 대국으로 도약했다. 더욱이 1인당 국민소득 3만 달러 시대를 눈앞에 두었으니만큼 삶의 질도 많이 달라졌다. 자랑스러운 '대한민국'인 것이다.

그런 가운데 우리나라의 자랑이었던 한 스케이트 선수의 귀화(歸化) 이야기는 가히 충격적이다. 쇼트트랙 선수인 그는 세계 5연패(2003~2007)를 하고, 토리노 올림픽(2006) 3관왕으로 우리나라를 빛낸 영웅이었다. 그로 인해 우리는 태극기를 하늘 높이 올렸으며, 목청껏 애국가를 불렀었다. 그때 그는 개인이 아니라 우리나라 역사의 한 페이지였다.

러시아인으로 변모하여 소치올림픽(2014)에 출전한 그를 보는 심정은 착잡할 수밖에 없었다. 그의 새로운 나라, 러시아에 3개의 금메달을 와락 안겨준 것이다. 그는 러시아를 빛낸 영웅이 되면서 러시아의 살아 있는 역사의 한 페이지가 되었다. 우승하는 순간마다 대형 러시아 깃발을 높이 들고 환호하는 가운데 링크를 돌고 돌았다. 시상대 위에서는 러시아 국가를 불렀다. 인터뷰조차 유창한 러시아말로 했다. 영락없는 러시아인이었다.

국적을 '러시아'로 바꾼 그의 선택은 여러 가지로 쉽지 않았을 것이다. 무릎 부상으로 좌절을 겪었을 때 '대한민국'이란 나라는 그를 재기 불능으로 여기고 방치했던 반면, '러시아'는 그의 가치를 인정하고 재기할 수 있도록 물심양면으로 도와주었다. 그런 점들이 계기가 되면서 그의 선택을 좌우했을 수도 있다. 자신이 사랑하는 쇼트트랙을 버릴 수 없었음은 물론이다. 누구에게나 그 나름의 사정이 있을 터, 우리는 그의 선택을 존중할 수밖에 없다.

하지만 필자는 먼발치에서나마 자식 같은 그에게 귀띔하고 싶다. '나라'가 있어야 그의 천재성을 인정받고 쇼트트랙의 영웅이 될 수 있다고 말이다. 그가 "절대로 돌아가지 않겠다"고 선언한 바로 '그 나라'가 없었다면, 오늘날 그의 존재 가치도 없을 것이기 때문이다. 지나친 비약일까. 그렇다면 한때 '우리'로 존재했던 그를 너무 사랑한 모양이다.

선택할 수 없는 선택을 한 '빅토르 안'을 탓하려는 것은 아니다. 뒷짐만 지고 이를 방관한 우리에게 먼저 책임이 있는 까닭이다. 뻔히 알 수 있는 문제임에도 모른척 하고 돌아앉아 있었던 것은 정작 우리 자신이었다. 나라를 찾은 지 70년 세월 속에 "할아버지의 할아버지적 물려받은/ 도포 같은 슬픔"을 벗어버린 것일까. 언제부터인가 우리 속의 '우리'가 보이지 않는다.

우리는 어디로 가는가. '우리'라고 믿었던 것도 우리가 아니었다. 곪을 대로 곪아 버린 환부는 만성이 되었는지 감각조차 없다. 나라가 흔들리는 소리에도 이방인인 양 돌아앉아 있다. 모두가 구경꾼이다. 영웅도 그 자신을 위해 '나라'를 떠났으니 그럴 수도 있다. 개

인의 선택은 자유이다. 그렇지만 '나라'가 있어야 진정한 '우리'도 '나'
도 존재하지 않겠는가.

무엇을 위한 전쟁인가

총격전이 벌어졌다. 동부전선 최전방 GOP(일반전초)에서 총기를 난사한 임병장(22)이 무장으로 탈영한 것이다. 난데없는 총성 속에 군(軍) 당국은 강원도 고성군 전 지역에 경계 태세 최고 수위인 '진돗개 하나'를 발령하고 도주하는 그를 추격했다. 긴장감이 고조되는 가운데 인근 주민 수백 명은 임시 대피소에서 밤새 불안감에 떨어야 했다. 뉴욕타임스 등 외신들은 긴급 뉴스를 통해 무장 상태로 '전쟁 중인 국가'가 '한국'임을 상기시키고, 이곳이 세계 최대의 중무장된 요새임을 알렸다.

그렇다. 세계에서 유일한 분단 국가, 한국의 최전방에서 수십 발의 총성이 울렸으니, 가히 특종감이다. 그런 만큼 일촉즉발의 상황으로 치달았던 것도 사실이다. 남북으로 분단된 것도 모자라 거기서 다시 분열되어 교전을 벌였다. 한국은 전쟁 중인 국가임에 틀림없다. 중요한 것은 총알이 모두 동료 병사들에게 떨어졌다는 사실이다. 그럼으로써 5명의 전사자와 7명의 부상자가 생겼음은 물론이다. 총기난사 사건의 주범인 임모 병장은 자살을 시도하다 부상을 입고 병원으로 후송됐다. 총을 쏘았든 맞았든 그들은 모두 분단의 아픔 속에 나라를 지켜야 하는 우리의 아들인 것이다.

전역을 3달 앞둔 말년 병장이 총기 난사 사건의 주범이라는 사실은 실로 충격적이다. 그들 사이에 무슨 일이 있었단 말인가. '관심병사'로 분류된 그가 우발적으로 벌인 총기 난사라 하기에는 너무 큰 사건이다. 뿐만 아니라 '관심 병사'를 추격하는 과정에서 또 다른 관심 병사를 투입하고, 실탄 없는 총기를 지급한 사실은 또 어떻게 믿으란 말인가.

요즘 우리 사회엔 믿을 수 없는 일들이 너무 많다. 4 · 16 세월호의 침몰로 가라앉을 대로 가라앉은 가슴이 또 다른 충격에 휩싸이고 있다. 여기저기서 경보음이 울리는 것도 무리는 아닌 셈이다. 그런 만큼 우리 사회의 분열 현상이 극도에 달해 이념 대립으로까지 치닫는 현상이다. 세월호 참사로 자진 사퇴한 총리 자리가 60여 일간 비어 있으나 이를 메우기가 쉽지 않다. 중도라는 것은 없고 2분법이 난무한 현실이니, 할 말이 많아도 입을 다물어야 한다.

뭉치면 살고 흩어지면 죽는다고 하지 않았던가. 그렇듯 죽기를 바라는 사람은 없을 것이다. 총기 난사를 일으킨 주범이 생포됨에 따라 '상황 종료'가 된 셈이다. 그러나 이로 인한 여진이 너무 크다. 가라앉히기엔 그 여파가 너무 큰 것이다. 지구상 유일한 분단국가, 휴전 국가라는 오명(汚名)도 이젠 모자란 모양이다. 반쪽이 난 나라를 지키던 병사끼리 서로 총부리를 겨냥하고 흘려서는 안 되는 피를 흘리고 있다. 삼팔선 저쪽을 겨냥하는 것도 동족끼리 못할 짓이건만 6 · 25전쟁 64주년이 된 오늘은 도리어 남쪽을 향해 총기를 난사하는 형국이다. 분단된 것은 비단 '나라'만은 아니었던 모양이다.

지금 우리는 쉴 새 없이 이어지는 대형 참사로 몸살을 앓고 있다. 크고 작은 사건들의 '상황 종료'는 수시로 이어져 외신들은 6 · 25 전쟁이 아직 종료되지 않았음을 알린다. 잠정적으로 전투를 중단한 전쟁임을 우리는 무시로 잊고 산다. 정전 협정이 체결되고 61년째 휴전 상태가 계속되고 있는, 세계에서 유일한 분단 국가인 한국에서의 '전쟁'은 이제 보이는 전쟁만은 아닌 것 같다. 정신적 고갈로 인한 내부 분열현상이 심심찮게 흘러나온다. 사방팔방 전쟁이다. 대체 무엇을 위한 전쟁일까.

1 · 4후퇴 때 거제도는 흥남철수작전으로 떠밀려온 15만 피난민의 피난처였고, 17만 3천 여 명에 이르는 포로들의 포로수용소였다(인민군 15만 명, 중공군 2만 명, 여자 포로와 의용군 3천 명). 그런만큼 전쟁으로 인한 상흔이 적지 않다. 당시 10만 명에 불과한 거제도가 무려

30만 명이 넘는 사람들을 구제한 사실은 "거제'가 품고 있는 무궁무진한 포용력을 보여준다.

이렇듯 거제도는 쏟아지는 이야기들로 살아 있는 공간이 되고 있다. 절망을 딛고 일어난 이야기가 문학임을 토로하며 인간을 인간답게 살게 한다. 전쟁으로 인한 참상은 겪어 보지 않고서는 모른다. '전쟁 문학'은 이를 간접적으로나마 겪게 하면서 인간의 존엄성을 일깨운다. 그런 점에서 문학은 전쟁의 상흔을 어루만져주고 치유하는 큰 힘이 된다.

이러한 연계선상에서 6월 28일에는 거제문화예술회관에서 '한국 전쟁 문학의 어제와 오늘'이라는 주제로 제53회 한국문학 심포지엄이 열린다. 6 · 25전쟁과 거제 포로수용소를 중심으로 한 학술 행사이다. 1,300여 명에 이르는 한국문인협회 회원과 더불어 많은 사람이 거제도를 찾는 가운데 '전쟁 문학'의 장도 활짝 열릴 것이다. 아울러 '거제도 전쟁문학관 건립'을 위한 신호탄이 될 줄로 믿는다.

'전쟁 문학'은 포로수용소가 있는 거제만의 문제가 아니다. 오늘을 살아가는 사람들에게는 누구나 필요한 것이다. 상처가 없는 사람이 어디 있겠는가. 소모전에 불과한 전쟁은 멈추어야 한다. 치유할 수 있는 방법을 찾는 일이 더 시급하기 때문이다.

카르페 디엠, 그것만이 살 길이다

할리우드의 명배우, 로빈 윌리엄스가 세상을 떠났다. 63세를 일기로 한 줌의 흙이 되어 샌프란시스코 만(灣)에 뿌려졌다. 우리에게 '카르페 디엠(Carpe diem, '현재를 즐겨라')이라는 명언을 남기고 정작 그 자신은 '현재'를 떠났다. 그것이 생의 최고의 선물임에도 이를 거부한 채 과거의 사람이 된 것이다.

갑작스럽게 날아든 비보(悲報)로 필자는 영화 〈죽은 시인의 사회〉(1989)를 떠올린다. 그가 남긴 명대사와 명장면이 파노라마처럼 이어진다. 그중에서도 "현재를 즐겨라"라는 화두는 "이제 넌 자유야"라는 굿바이 메시지로 이어진다. 이것은 또한 전통과 규율을 중시한 학교의 희생물이 되어 교실을 떠나야 했던 키팅 선생의 마지막 장면과도 겹쳐진다. "오, 캡틴, 마이 캡틴!" 하며 부르는 제자들을 향해 씨익 웃으며 돌아선 키팅 선생, 로빈 윌리엄스의 표정 연기가 가만가만 되살아나는 까닭이다. 나는 로빈 윌리엄스를 영화의 주인공, 존 키팅 선생과 동일시한다. '키팅 선생'은 허구이고 '로빈 윌리엄스'가 실제라는 사실은 그를 사랑하는 나에게 그다지 중요하기 때문이다.

로빈 윌리엄스의 연기 인생 37년은 이러한 사유를 충분히 뒷받침한다. 그는 '키팅 선생'으로만 존재하는 것이 아니다. 교사, 가정부, 의사, 군인, 로봇, 왁스 모형, 램프의 요정에 이르기까지 실로 다양한 캐릭터로 남아 있다. 그중에서도 〈미세스 다웃파이어〉에서는 은발의 가정부 할머니이고, 〈굿 윌 헌팅〉에서는 정신과 의사이다. 또 〈박물관은 살아 있다〉 시리즈에서는 루스벨트 대통령의 왁스 모형이고, 〈바이센테니얼 맨〉에서는 로봇이니, 그야말로 전천후(全天候) 인간형이다. 어차피 인생은 연극인 것처럼 그의 인생은 '연기 인생'과 다름이 없다. 그의 변신을 지켜보면서 오랜 세월을 동고동락(同苦同樂)한 나는 그가 사랑한 '현재'를 즐기면서 살아간다.

그런데도 그는 자신을 전천후 인간형으로 변신하게 한 '현재'를 어이없이 놓아 버린 것이다. 영화 〈죽은 시인의 사회〉에서 나에게 거듭거듭 '희망'이 있음을 암시하던 그였다. 그로부터 나는 "현재를 즐겨라(극복하라)"라는 명언을 화두로 삼고, 오늘 또 오늘의 연장선상에서 변신을 거듭하며 살아간다. 그런만큼 그는 나에게 언제나 살아 있는 메시지인 것이다.

아이러니하게도 지금 이 순간, 오늘, 현재, 나는 더 이상 그를 만날 수가 없다. 무슨 사유에서인지 그는 자신이 그토록 사랑했던 '현재'를 떠나 '과거'로의 회귀를 했다. '과거 사람들'이 그토록 갈망했던 '현재'를 어이없이 놓아 버리고 영원한 침묵의 굴레로 돌아선 것이다.

돌아다보면 로빈 윌리엄스는 영화 〈죽은 시인의 사회〉에서 제자들에게 삶의 방법론을 제시한 진정한 멘토(mentor)였다. 때로는 발상의 전환을 위해 시집의 서문(序文)을 찢게 하는 등 제자들에게 획일화된 의식을 벗어나게 했다. 그러면서 그들 스스로가 한 편의 시임을 일깨웠다. 진정한 자유는 그들 자신의 꿈을 통해 획득하는 것이라 일렀다. 누군가의 기대치에 부응하기 위한 삶은 그들의 것이 아님도 환기시켰다. 무엇보다 그들 자신이 삶의 주인이 될 때에야 비로소 자유로운 영혼이 될 수 있다고 역설한 것이다.

이 모든 이야기가 가상 세계에서의 조언에 불과할지라도 그는 변함없는 우리네 스승이다. 실제보다 가상 공간에서 더 치열한 삶을 살아간 그는 현실을 넘어선 또 다른 현실에서의 삶을 보여주었다. 저마다 자신만의 인생을 살아갈 때, 그는 그 자신은 물론 여러 사람의 인생을 두루 연기하며 살았다. 그런 만큼 가중되는 삶의 무게를 그 자신 혼자서는 감당하기 어려웠을 것이다. 어쩌면 냉혹한 이 현실의 공간을 가상 공간이라 여겼을 수도 있다. 실제의 삶을 위해 가상 공간에서 죽은 적이 한두 번이 아니었을 터이다. 때로는 '삶과 죽음'이 무시로 뒤바뀐 채 살았던 가상 공간에서의 죽음이 그 자신의 삶의 연장선이었는지 모른다.

인간의 유한성은 '죽음'을 떠나서는 생각할 수가 없다. 그런 만큼 오늘로 이어지는 '삶'이 더없이 소중해지는 것도 사실이다. 어떻게 살 것인가. 지금 이 순간, 나는 "현재를 즐겨라"라고 한 그를 추모하면서 '현재(오늘)'를 만끽하고자 한다. 그를 잃은 아픔을 '그'를 통해 극복하는 '오늘'이다. 내일이란 말은 최소한만 믿으라 하지 않았던가.

그는 죽었다. 그러나 '오 캡틴, 마이 캡틴'으로 불리는 '그'는 여전히 살아 있다. 우리네 진정한 캡틴이자 영원한 캡틴은 지금 이 순간, 살아있어야 만날 수가 있다. 그러니 가상 세계에서 '100년 전 학교 선배들이 남긴 사진'과 그가 남긴 영정 사진에서 들려오는 침묵의 소리에 가만가만 귀 기울여보자. 예나 지금이나 한결같은 소리, "카르페 디엠, 카르페 디엠!" 그것만이 살 길임이 분명하다.

아름다운 동행

장승포항 산비탈에는 학교가 있다. 1980년에 문을 열고 초등부, 중등부, 고등부까지 두루 갖춘 학교가 있다. 지적 장애와 중증 장애자를 위한 거주인들의 집과 쉼터도 있다. 이는 지적 장애인들을 위한 특수교육 기관으로서 교육과 치료를 병행하는 공간이다. 6 · 25전쟁 때에는 '사랑과 빛의 정원', 즉 애광영아원(愛光嬰兒院)으로 닻을 올려 난리통에서도 부단히 생명의 소중함을 일깨워 준 곳이기도 하다.

이후 62년이 지난 오늘날까지 그곳은 인간의 존엄성을 중시하면서 인간의 가치를 일깨우고 있다. 그런 점에서 생명의 땅, 애광원은 우리 지역의 문화 유산이라 해도 과언은 아니다. 6 · 25전쟁으로 인해 포로수용소가 생겨났듯이 전쟁 고아들과 더불어 생겨났다는 점에서 그 출발점은 다르지 않다. 그곳은 누군가의 절대적인 희생이 없었다면 생겨나지 못했을 것이다. 전쟁 중에 남편을 잃고 거제도 피난길에 전쟁 고아들과 동고동락한 김임순 원장의 삶의 결정체이다.

당시 그녀는 갓 돌을 넘긴 한 아이의 어머니로서 불과 27살이었다. 그런 그녀가 6 · 25전쟁 피난길에 7명의 전쟁 고아(갓난아기)들을 만나고부터 운명처럼 사회복지법인 애광원의 역사도 시작된다. 그녀는 한 아이의 어머니로만 존재하는 것이 아니었다. 수많은 전쟁 고아의 어머니로 살아온 것이다. 전쟁으로 인해 버려진 아이들을 보호하고 돌보는 일을 천직으로 여겼다. 더욱이 직업 보도관(1959)을 세워 전쟁 미망인과 고아들에게 다양한 직업 기술을 익히게 하여 사회 진출의 기회를 드넓혔다. 이후 15년간 2,500여 명이 그곳에서 교육을 받음으로써 지역 사회에 기여하는 바가 적지 않다.

그뿐이랴. 사회로 진출하지 못한 아이들 대부분이 신체 장애인, 발달 장애인이라는 점을 감안하여 애광원을 지적 장애아를 위한 보호시설로 바꾸었다(1978). 지능이 낮아 정상적인 학업과정을 따라갈 수 없었던 아이들을 안타까워한 나머지 애광특수학교도 세웠다(1980). 이는 지적 장애인들을 수용하고 보호하는 차원을 넘어 일반 교육, 직업 교육 등을 통해 사회적으로 홀로 서게 하는 과정이었다.

그 밖에도 성인 지적 장애인을 위한 직업 재활 시설 '애빈'에서는 제과, 제빵, 도예, 수공예 등을 가르치고, '민들레집'에서는 중증 지적 장애인들을 위한 특수 교육과 심리 재활 치료를 병행한다. 꿈을 꾸는 사람이면 누구나 사회에 진출할 기회를 제공하는 것이다.

이것은 먼 나라의 이야기가 아니다. 거제도의 살아 있는 이야기라는 점에서 뻔히 알고 있는 사실임에도 들추어 본다. 시청에서 피켓을 들고 시위하던 100여 명의 원생들과 교사들의 간절한 눈망울이 자꾸만 생각나기 때문이다. 더욱이 그녀는 아흔의 나이임에도 지적 장애인들의 인권 보호를 위해 시장실로 앞장서 달려가 담판을 지었다. 그때 그녀의 모습은 가히 충격적이었다. 진정한 삶이란 무엇인지 가르쳐준 본보기가 아닐 수 없다.

그런 그들을 누가 아프게 했던가. 그림 같은 장승포항의 산비탈에서, 천혜의 자연 환경을 품고 62년째 뿌리내린 애광원에 대체 무슨 일이 있었던가. 멀쩡한 사람의 눈을 가려도 가만 있지 않을 터였다. 하물며 장애인의 눈을 가리는 고층 아파트 건축을 허가하였으니, 분노할 법도 하다. 분노한 사람은 비단 그들만은 아니었다. 생각해보건대 우리는 그들이 함께함으로써 더욱 아름다운 세상을 볼 수 있었다. 그들의 세상이 아름다운 만큼 세상은 절로 아름다웠다. 그런 만큼 우리도 나도 그들과 분리될 수 없는 하나인 것이다.

뒤늦게나마 애광원 앞에다 장애인의 눈을 가리는 고층 아파트를 건립하려는 계획을 변경하였다니, 다행한 일이다. 소리치지 않아도 들리는 세상은 없는 것일까. 피켓을 들지 않아도 해결되는 세상은 없는 것일까. 진정한 삶이란 말을 하지 않아도 들리는 법이다.

우리는 침묵한 채 말없이 살아가는 다수의 소리를 들을 수 있어야 한다. 그곳은 거제도 포로수용소와 역사를 함께하는 우리 지역의 명소임이 분명하다. 열악한 환경에서도 인간의 가치와 존엄성을 중시하는 터라 지역민은 물론 외국인들까지 즐겨 찾는 곳임을 눈여겨봐야 한다. 설립자 김임순 원장이 수상한 바 있는 국민훈장 석류장(1970), 막사이사이상(1989), 호암상(1994), 국민훈장 모란장(1997), 유관순상(2007)의 의미도 되새겨 봐야 한다. 진정한 삶이란 그리 멀리 있는 것이 아니기 때문이다.

이유 있는 눈물

'백발의 연인', 그들이 남긴 이야기 속엔 76년간 간직한 혼서지가 있었다. 이는 백수(白壽)를 앞둔 부부가 자손들에게 물려줄 수 있는 가장 값진 유산이었다. 할머니는 결혼을 앞두고 찾아온 손녀에게 장롱 깊숙이 넣어둔 혼서지를 건넸다. 잘 간직하고 살면 그들처럼 의좋은 부부로서 백년해로(百年偕老)할 수 있다는 믿음이 있었기 때문이다. 그것은 강산이 일곱 번이나 변하는 세월 속에서도 변할 수 없었던 사랑의 진리였다. 한번 맺어진 부부의 연(緣)은 하늘이 정해 주는 것이라는 무언의 지침서이기도 했다. 그들은 지고지순한 사랑으로 요즘 보기 드문 부부애(夫婦愛)를 보였다.

그들에게는 언제나 돈(황금)보다는 사람이 우선이었다. 할아버지는 시력이 좋지 않은 할머니가 우선이었고, 할머니는 귀가 어두운 할아버지가 우선이었다. 그런 만큼 그들이 가는 길은 혼자가 아니었다. 어디로 가든지 손에 손을 맞잡고 함께 걸어갔다. 사시사철 한복 커플룩을 입으면서까지 하나로 소통하며 살았다. 함께 먹고, 함께 자고, 함께 하는 것을 습관처럼 즐겼다. 시도 때도 없이 변하는 요즘 세상에 변하지 않는 것이 '사랑'임을 넌지시 일러주었다. 그것은 76년 전에 혼서지를 주고받으면서부터 풀어내기 시작한 그들만의 사랑 방정식이었다. 글자 그대로 그들은 '부부'였다.

이를 입증하듯 '백발의 연인' 속 할아버지(98세)는 수천 억대 자산가로 알려진 A할아버지처럼 그런 알량한 사랑은 하지 않았다. 아내 몰래 장롱 밑에 금괴(130여 개)를 감쪽같이 숨겨 놓고 세상을 떠날 이유가 없었다. 그의 보물은 언제나 '아내'였다. 그런 점에서 숨겨 놓아야 할 이유가 따로 없었다. 아내(89세) 또한 그를 사랑하는 남편보다 더 소중한 보물은 없었다. 그러므로 A할아버지의 아내처럼 남편이 세상을 떠난 후에 도둑이 찾아낸 금괴짝을 받아들고 "늘그막에 쓸 용돈"이라며 좋아했을 리 만무하다. 사랑하는 사람, 즉 남편이 떠난 세상에서 캐낸 금덩이는 한낱 장신구에나 쓰이는 귀금속에 불과한 까닭이다.

무릇 '보물'은 세상 그 어떤 물질로도 환산할 수 없어야 한다. 부부로 함께 살다가 한 사람이 세상을 떠난 후에 횡재처럼 안겨진, 그런 금괴 따윈 보물이 아니다. A할아버지 사후(死後)에 발견된 금괴처럼

40개가 남아 있든 130개가 남아 있든 그것은 중요한 것이 아니다. '부부애(夫婦愛)'란 금을 긋듯이 수치로 헤아릴 수 있는 성질은 아니기 때문이다.

영화 〈님아, 그 강을 건너지 마오〉를 보면서 나는 최근에 논란이 된 '65억 금괴 도난 사건'을 떠올린다. 한평생 믿고 살았던 A할아버지의 '금괴'가 그 자신의 잃어버린 기억을 찾아주지 못했기 때문이다. 횡재한 인테리어 업자는 애인과 쾌재를 부르다 급기야 애인을 버리고 새로운 애인을 만난다. 도둑이 애인을 배신하고, 애인은 도둑을 고발함으로써 줄줄이 쇠고랑을 차는 지경으로까지 이른다.

여기서 '금괴'란 존재가 단단히 한몫하게 된다. 그들은 '사람'을 사랑한 것이 아니라 '금괴'를 사랑한 것이다. 이는 A할아버지(금괴 주인)가 치매에 걸려 세상을 떠난 후 10년 만에 금괴가 가르쳐준 진실이었다. 여기서 찾을 수 있는 진정한 '사랑'이란 있을 리가 없다.

영화 〈님아, 그 강을 건너지 마오〉는 이런 점을 짬짬이 환기시키면서 진정한 사랑이란 무엇인지 캐묻는다. 그들의 이야기가 인간 극장 〈백발의 연인〉(2011)을 통해 널리 소개된 적 있었지만, 스크린을 통해 다시금 그들의 사랑을 확인하는 것도 이러한 이유에서이다. 그들에게는 서로를 배려하는 따뜻한 마음이 있었다. 그것은 혼서지로 언약한 사랑을 실천하는, 진정한 가치를 지닌 보물이었다.

다사다난(多事多難)했던 한해도 서서히 저물어간다. 2014년도는 영화 같은 사건들이 유난히 많았다. 눈만 뜨면 수수께끼 같은 이야기가 펼쳐지는 터라 굳이 영화를 보러 가지 않아도 될 정도였다. 우스꽝스러운 사건들이 펑펑 쏟아졌다. 그리하여 나는 착시현상에 빠져 정작 눈물을 흘려야 할 때를 놓쳐 버리곤 했다.

이런 와중에 다큐멘터리 형식의 독립 영화 〈님아, 그 강을 건너지 마오〉는 손수건을 흥건히 젖게 했다. 이제껏 느끼지 못한 카타르시스로 절로 터져 버린 감성이었다. 그들을 통해 들여다본 부부애는 미사여구가 따로 없었다. 자연 그대로의 소박미(素朴美)가 있을 뿐이었다. 그런데도 나는 영화를 보면서 연신 훌쩍거려야 했다. 이유 있는 눈물이 아닐 수 없다. 인스턴트식 사랑이 홍수처럼 난무하는 이때, 내가 정녕 믿고 살았던 것은 무엇인가. 돈인가, 사람인가. 제야의 종소리가 울리기 전에 마음밭을 한번 점검해 볼 일이다.

새내기를 향한 단상

다시 봄꽃이 핀다. 간간이 불어대는 꽃샘바람에도 흔들흔들 잘도 피어난다. 흔들리며 피는 꽃의 아름다움을 자랑하듯 꽃망울이 터지는 소리가 요란하다. 신정, 구정 명절을 지나 춘삼월인즉 그럴 법도 할 것이다. 꽁꽁 언 땅에서도 싹을 틔우고 끝내 송이송이 꽃을 피웠으니 말이다. 그래서인지 나는 자연의 강인한 생명력 앞에서 다시금 고개를 숙인다.

어김없이 봄소식이 들려오는 것처럼 올해도 새로운 출발선상에 오른 새내기들의 행진이 한창이다. 학교마다 신입생들의 입학식이 열리면서 축사가 더해졌다. 그중에서도 대학의 축사는 신입생들이 미성년이 아닌 성년이라는 점에서 귀가 솔깃해진다. 그곳은 지성인의 요람이니만큼 판에 박힌 소리 따윈 하지 않을 것이라는 기대감도

작용했다.

이를 반영하듯 우리나라 최고의 지성을 자랑하는 S대학 총장은 신입생들에게 “자신이 스스로 길을 모색하고 개척하라.” “사회적 약자의 목소리에 귀를 기울이고 타인을 배려하라”라고 격려했다. 지식과 스펙만을 위한 지식 기술자가 아닌 진정한 지식인으로 거듭나야 함을 강조했다. 이로써 시대가 요구하는 따뜻한 가슴을 지닌 선한 인재상이 될 수 있다는 것이다. 구구절절 귀에 쏙쏙 들어오는 말이 아닐 수 없다. 바늘구멍 같은 입시 관문을 통과한 신입생들이 가야 할 길이 사회적 약자를 대변하고 타인을 배려하는 길이라는 점에서 이다.

그의 메시지는 스펙보다 인성(사람)을 더 중요하게 여기는 시대임을 암묵적으로 보여준다. 그렇게 된다면, 4년 등록금에 육박하는 비용을 들여 애써 쌓은 스펙을 취업하기 위해 한순간 포기하고야 마는, 소위 ‘스펙 디스카운트’가 만연할 리가 없다. 학벌, 학점, 토익, 어학 연수, 자격증, 인턴 경험, 봉사 활동, 수상 경력 등 소위 8대 스펙을 갖추지 않아도 취업할 수가 있다. 스펙보다 인성, 즉 사람의 됨됨이, 직무 수행 능력, 열정 등이 중요하게 작용하는 시대라는 의미에서이다.

장기 불황의 여파로 이래저래 대학 졸업자의 취업난이 가중되는 실정이다. 우리 사회에 입학이 취업이고, 취업이 졸업이라는 등식은 애당초 성립할 수 없었는지 모른다. 졸업 학점을 이수하고도 취업하지 못하고 졸업 유예한 학생들이 부지기수다. 졸업이 능사는 아닌 셈이다. 졸업장만으로는 취업할 수 없어 졸업의 의미 또한 퇴색된지 오래이다. 빛나는 졸업장이 빛바랜 졸업장으로 남아 여기저기 나뒹군다.

'대학 알리미'의 공시에 의하면, 지난해 전국 대학교 평균 취업률은 54.8%로 전년도 대비 0.8% 낮아졌다. 2명 중 1명이 취업한 경우이니, 졸업생 절반 가량은 백수가 되는 셈이다. 졸업 유예생, 취업준비생으로 전락한 그들은 다시금 도서관에서 취업하기 위한 불을 밝혀야 한다. 졸업식장에는 빈자리가 속출할 수밖에 없다. 우리 사회에 반쪽, 반토막 졸업식이 생겨날 수밖에 없는 이유이기도 하다.

이를 확인하기라도 하듯 필자는 지난 2월에 졸업생이 절반이나 빠진 졸업식에 참석한 적이 있다. 씁쓸한 마음에 스마트폰을 검색하니, 자살 뉴스가 이슈로 떠올랐다. 과학 영재들의 산실인 대전의 K대학원생이 또 자살한 뉴스이다. "어릴 때부터 공부가 전부인 줄 알았다"는 그는 유서 한 장 달랑 남기고 세상을 떠났다. 소위 엘리트 코스만 밟아 오던 한 젊은이가 좌절 끝에 보인 결론은 "세상이 싫어 세상을 떠난다"는 내용이다. 달리 선택의 여지가 없었는지 모른다. 그렇다고 함부로 떠날 수 있는 세상은 아니지 않겠는가. 우리가 선택할 수 있는 세상이 아니라는 점에서다.

다시 또 우리 곁에 봄이 왔다. 세상은 밝아지고, 살아 움직이는 것들은 저마다 새로운 출발선상에 서 있다. 흔들리지 않는 꽃이 어디 있으랴. 흔들리면서도 꽃이 피어나는 사유를 찾아야 한다. 자신을 위해서만 피어나는 것은 아닐 것이다. 타인을 배려하는 마음 없이는 한 잎도 피어날 수가 없다. 더불어 사는 세상에 그것은 곧 자신을 위한 길이기 때문이다.

누구에게나 공부는 전부가 아니라 '삶'의 한 부분이다. 그런데도 부단히 공부를 하는 것은 배워야만 보이는 세상이기 때문이다. 세상을 보는 안목은 거저 생기는 것이 아니다. 좌절하고 또 좌절하는 가운데 보이는 법이다. 그렇듯이 우리가 하는 모든 경험 또한 새로운 세상으로 통하는 문(門)임을 기억하자.

진실 게임 2

어디까지가 진실일까. 망자(亡者)의 비망록을 해독하기가 쉽지 않다. 죽음을 선택하면서까지 남긴 흔적이 살아 있는 권력을 정면으로 겨냥했기 때문이다. 그것도 권력의 심장부를 강타해 나라의 존립 기반마저 흔들고 있어 실체적 진실을 찾기에는 넘어야 할 산이 너무 많다. 이른바 '성완종 리스트'가 그것이다.

'성완종 리스트'의 파문을 둘러싼 정치권의 공방은 그야말로 점입가경(漸入佳境)이다. 벌써 보름째 망자와의 진실 게임을 하고 있다. 사람은 죽고 돈이 말을 하는 세상이니, 실종된 정치임이 분명하다. 거짓말 같은 이야기 속에 돈과 권력의 함수관계만 여실히 드러나는 형국이다. 돈맛도 권력 맛도 모르고 살던 나는 일손을 놓고 할 말을 잃은 채 구경꾼이 되어야 한다.

우리가 믿을 수 있는 것이 무엇이던가. 신뢰가 땅에 떨어진 느낌이다. 아무리 억울할지라도 죽은 자는 죽음으로써 이미 끝난 게임이 아니던가. 그럼에도 불구하고 연일 날선 공방이 거듭되고 있으니, 죽은 자도 말을 하는 세상인 모양이다.

'성완종 리스트'에 올려진 8명이 모두 여권의 실세라는 점에서 단순한 사건만은 아니다. 3천만 원, 1억 원, 2억 원, 3억 원, 7억 원 등 적지 않은 돈임에도 아무런 조건 없이 그들에게 건넸다는 것이 아닌가. 그런 점에서 영수증도 차용증서도 있을 리가 없다. 다만 그 속에는 그들끼리의 신뢰가 있을 뿐이다.

하지만 이러한 신뢰가 무너지는 것은 한순간임을 알아야 한다. 그렇게 주고받는 관계가 정경 유착의 고리임에도 '신뢰와 의리'라고 생각한 발상 자체가 문제인 것이다. 정치판에서 찾을 수 있는 '사람'이란 딱히 없다. 돈 세상인즉 돈줄이 바닥난 사람은 이용 가치가 없다는 걸 잊었던 모양이다.

뒤늦게야 억울함을 호소하며 목숨까지 버렸지만 그렇다고 돈을 찾을 수 있는 것은 아니다. 되찾고 싶었던 권력(특별사면) 또한 마찬가지이다. 그것이 죽은 사람을 다시 살릴 수는 없지 않겠는가. 사람도 돈도 권력도 다 떠난 마당이니, 그가 추락한 것은 당연한 수순인지 모른다.

K 일간지에 의하면, 그는 지난 1년간 국무총리와 217차례(실제 통

화 60여 통), 전직과 현직 비서실장과는 각각 40여 차례, 140여 차례 전화를 주고받았다. 다소 일방적일 수는 있겠지만 그들은 서로 모르는 사이는 아닌 셈이다. 지난 16년간 이어진 선물리스트(A5 용지 200장)에 빠짐없이 기록된 사람들이니만큼 그만큼의 친분은 있었을 줄 안다.

그럼에도 불구하고 그의 죽음 앞에서도 그와 친분이 있었다는 사람은 보이지 않는다. 금품 수수 의혹이 불거지자 저마다 모르쇠로 일관하는 사람들뿐이었다. 하기야 아직 구체적인 정황과 결정적인 단서를 제시하지 않았으니, 모르는 것은 당연하다. 아전인수 격으로 해석되는 '신뢰'인 터라 산 자라도 살아야 한다는 논리였을 것이다.

신뢰는 국민과 공공(公共)의 공익(公益)을 우선하는 것이어야 한다. 개인과 기업의 이익 달성을 위한 수단이 되어서는 안 된다. 금품 수수 등을 매개로 청탁은 물론이고 봐주기를 하는 따윈 '신뢰'가 아니다. 정치(政治)란 "수기치인(修己治人), 즉 자신을 닦은 후 남을 돕는 것"이다. 정치가(政治家)는 먼저 자신의 부조화로운 것, 네거티브한 것을 다스려 극복한 후, 이를 바탕으로 나라를 다스려야 한다. 그런데도 자신을 다스리기는커녕 다른 사람을 지배하는 것인 양 오독하는 경우가 많다. 정치를 빙자해 개인과 기업의 이익을 우선으로 챙기는 것은 물론이다. 실소를 금할 길이 없다. 입으로만 정치하는 세상이다.

이렇듯 부정부패가 만연하니, 망자와의 진실 게임도 더 이상의 의미가 없는 것 같다. 파면 팔수록 불거지는 의혹이니, 딱히 누구를 탓할 수도 없다. 여당도 야당도 모두 움츠리는 형국이다. 해외 순방 중인 대통령이 귀국하기도 전에 국무총리가 자진 사퇴한 마당이니, 누구인들 온전할 리 있겠는가.

이런 와중에도 우리는 국가의 존립 기반인 '국민'일 수밖에 없다. 국가와의 신뢰를 회복하는 일이 우선인 것이다. 이는 가상 공간에서나 있을 법한 '진실 게임'이 아니라 '진실한 삶'을 살고 싶은 소시민의 소박한 바람이다. '정치적(?)'이지 못해 온전하게 살 수 있었다면, 그나마 다행한 일이기 때문이다.

로봇 휴보, 메르스 컨트롤타워

연일 속보 전쟁이 한창이다. 중동호흡기증후군(메르스)의 확산으로 우리 사회는 지금 걷잡을 수 없는 상황으로 치닫고 있다. 이를 퇴치할 치료제가 없음은 물론 세계 평균 치사율이 30~40%인 것이다. 더욱이 컨트롤타워마저 부재한 실정이니, 불안감이 가중되는 것도 무리는 아닌 셈이다.

여기저기 부재 현상이 난무하는 가운데 '총리 부재'란 말도 귀에 익숙해지고 있다. 소통 부재, 정보 부재로까지 이어지는 정국이니, 국민의 알 권리는 무시되기 십상이다. 그런 가운데 메르스 감염 병원, 비공개 방침을 고수하다 뻥 뚫려 버린 방역망은 초동대처에 실패한 결과임을 여실히 보여준다. 메르스 감염자가 확산되면서 공포심에 빠진 우리는 방향타를 잃고 있다. 최초 감염자가 발생한 지 한

달이 지났는데도 퇴치는커녕 상대방에게 서로 책임을 전가하고 있다. 그런 만큼 불신의 벽도 높아지는 양상이다.

메르스의 감염 경로를 추적하던 필자는 자신도 모르게 아라비아 숫자를 암기한다. 그중에서도 1번, 14번, 16번은 여러 사람에게 바이러스를 옮기는 자, 즉 슈퍼 전파자(Super Spread,er)이다. 1번은 중동(바레인)에서 귀국한 메르스 최초 감염자이고, 14번과 16번은 1번으로부터 감염된 2차 감염자이다. 슈퍼 전파자를 사전에 차단하지 못함으로써 3차 감염자가 속출하는 현실도 더불어 확인한다.

어찌하랴. 감염자가 백 명을 넘어서고 격리자도 무려 5천 명을 넘어서는 초유의 사태가 발생한 것이다. 메르스 확산 방지를 위해 휴업을 한 유치원 및 학교도 이천 5백여 곳을 넘어서면서 급기야 각종 행사도 줄줄이 취소되고 있다. 거제 지역도 예외가 아니어서 이순신 장군의 첫 승첩을 기리는 옥포대첩 기념제전 행사(제53회) 등 여러 행사가 취소되는 실정이다. 우리는 스스로를 격리할 수밖에 없다. 가택 격리, 음압 격리 병상 등으로 이어지는 가운데 '격리'라는 말도 일상생활 속에서 익어지고 있다. 메르스와의 전쟁이 시작된 것이다.

이런 와중에 굉음처럼 울리는 진동 소리가 있어 스마트폰을 확인하니 국민안전처에서 보낸 '긴급재난문자'이다. 내용인즉 '자주 손 씻기' '기침 · 재채기 시 입과 코 가리기' '발열 · 호흡기 증상자 접촉 피하기'가 그것이다. 헌법 34조 6항에 의하면, "국가는 재해를 예방

하고 그 위험으로부터 국민을 보호하기 위해 노력해야 한다." 뒤늦은 지침이나마 나는 이를 철저히 지켜야 한다. 그것이 누구나 알고 있는, 지극히 상식적인 내용일지라도 '예방 수칙'은 지키는 게 상책이다. 건강을 잃으면 모든 것을 다 잃어버린다고 하지 않던가.

이렇든 저렇든 작금의 상황은 국가적 재난임이 틀림없다. 이를 수습하듯 인간형 로봇 휴보(HUBO)가 '로봇올림픽'으로 불리는 세계재난로봇대회에서 우승을 했다는 속보가 실시간으로 타전되고 있다. 우리나라에서 만든 로봇이 세계에서 가장 뛰어난 '재난 구조용 로봇'으로 뽑혔다는 내용이다. 낭보가 아닐 수 없다. 한편으로는 메르스-코로나 바이러스(MERS-CoV)로 인해 온 국민이 시름에 잠긴 즈음이라 일말의 기대감마저 생긴다. 불신(不信)에 빠진 인간을 대신해 로봇을 통한 탈출구를 찾고 싶은 것이다.

지나친 발상인지 모른다. 그러나 로봇 휴보는 이미 '후쿠시마 원전폭발사고(2011)'를 재현한 이번 대회에서 인간이 할 수 없는 과제 수행을 부여받고 인간 이상으로 말끔히 완수한 바 있다. 극한 상황에서도 스스로 차를 운전해 경기장의 문을 열어 진입하고, 냉각수 밸브 잠그기, 전동 공구로 벽 뚫기 등 다양한 미션을 부여받아 빈틈없이 과제를 수행했다. 더욱이 예상치 못한 돌발 상황에 대처하는 능력도 뛰어났다. 전기 플러그를 왼쪽에서 오른쪽 소켓으로 바꿔 끼우는, 이른바 서프라이즈 미션까지 완벽하게 수행함에 따라 인간의 상상력을 훌쩍 뛰어넘었다. 급기야 세계 로봇 강국인 미국, 일본, 독일 등을 거뜬히 제치고 세계 최고의 '재난수습로봇'으로 인정받은 것이다.

이런 점을 두루 신뢰한 필자는 금의환향하는 로봇 휴보에게 메르스 속보를 타전하면서 전혀 예상치 못한 미션을 부여한다. 인간을 대신해 속히 "메르스 컨트롤타워를 작동하라!"

왜 집밥인가

집을 떠나 집을 그리워하고, 밥을 떠나 밥을 그리워하는 사람들이 늘어나고 있다. 이를 뭉뚱그린 '집밥'이 등극하면서 대세로 자리매김한 모양새다. 먹방, 쿡방이 유행처럼 번져나 집밥의 가치가 한결 높아졌음도 간과할 수가 없다. 이를 지켜본 나는 걸쭉한 입담 속에 담긴 '백선생'의 요리 비법을 전수받으려 곧잘 '따라하기'를 한다. 어디선가 본 적이 있는 익숙한 몸놀림이 순간순간 이어질 때마다 실소를 금할 길이 없다. 그것이 요리의 진수라고 하기에는 너무 쉬운 것 같아서이다.

그렇듯이 '백선생'은 주로 즉석에서 뚝딱 만들어낼 수 있는 음식을 선보인다. 딱히 계량 저울도 없이 종이컵 하나로도 가능한 요리이다. 간장이든 된장이든 고추장이든 하나같이 닥지닥지 상표가 붙어있다. 집에서 만든 장류(醬類)는 찾아볼 수조차 없다. 그럼에도 불구하고 '집밥'의 향수를 묘하게 불러일으키는 힘이 있다. 그런 그를 보면 친근함이 느껴져서 좋다. 맛을 감별할 때마다 짓는 코믹한 포즈에 오감(五感)이 감돌기도 한다. 눈대중으로 살짝 간을 맞추고, 허겁지겁 마무리하는 모습은 천상 우리네 시골할머니이다. 간간이 설탕을 털어 넣고 맛보기하는 것을 보면 능청스럽기까지 하다.

그를 따라 음식을 만들어 보니, 생각보다 맛이 있다. 10여 분 남짓한 즉석 요리임에도 어머니의 어머니로부터 달구어진 손맛처럼 맛깔스럽다. 그 맛이 바로 어머니의 품을 떠나면서부터 그리워한 진짜 그 맛(?)임에 놀랍다. 이른바 '집'과 '밥'의 정서가 한데 어우러져 '집밥'이 즉석에서 재현되는 현실이다. 어디에서든 누구든지 잔반(殘飯)만으로도 손쉽게 만들 수 있는 한 끼 식사가 그것이다. 이는 보통 사람들의 정서가 듬뿍 담긴 음식이라는 점에서 훈훈할 수밖에 없다. 그럼으로써 사람들의 입맛도 다시 살아나고 있다. 불통과 불신이 만연한 우리 사회에 그나마 소통의 장(場)이 열린 것이다.

집은 가족이 이루는 공동체이고 가족은 부모, 자식, 부부 등의 관계로 맺어져 한집에서 함께 생활하는 공동체이다. 오늘날은 전통 사회에서처럼 온 가족이 함께 생활하는 공동체가 되기란 쉽지 않다. 더욱이 한집에서 오랫동안 끼니(밥)를 함께 한 식구일지라도 모두 다 혈연으로 맺어진 가족은 아니다. 이런 점을 감안한다면, 가족은 식구가 될 수 있으나, 식구는 가족이 될 수 없다. 그럼에도 '집밥'은 가족은 물론이고 군식구까지 두루 '한가족'으로 품어주는 마력을 지닌다. '집밥'으로 이어지는 온정이 그만큼 따사롭다는 이야기이다.

예로부터 '집밥' 하면 생각나는 사람이 어머니인 것처럼 집사람, 집안일, 집반찬 등에서의 '집'은 으레 여성적인 의미로 풀이된다. 그런데도 요즘의 '집밥'은 남자 셰프, '백선생'으로 표상되는 가운데 성(性)의 경계가 여지없이 무너져 내린다. 그러므로 여자의 전유물이다시피 한 주방에서 남자가 당당하게 요리하는 세상임을 인정할 수밖에 없다.

오늘날은 혼돈의 시대임이 분명하다. 남자의 자리에 여자가 있고, 여자의 자리에 남자가 있는 것도 더 이상 낯설지 않다. 자리가 서로 바뀌어야 힘이 나는 세상인지, 잠시만 방심해도 제자리를 찾을 수가 없다. '쿡방'의 주류가 남자 셰프이고, 여자 셰프가 보이지 않는 것도 이런 현상으로 보인다. 시대의 흐름 따라 그저 그렇게 변해 가는 세상이다. 이는 주변에서 흔히 볼 수 있는 광경이니만큼 굳이 새삼스러울 것도 없다. 다만 이렇게 바뀌어야 더 빨리 소통되는 현실임을 직감한다.

이래저래 '주부 8단'이란 타이틀을 백선생(백주부)에게 빼앗긴 사람들이 쿡방에 빠져 있다. 딩크족(Double Income No Kid), 듀크족(Dual Employ With Kids), 나홀로족(1인 가구) 등도 마찬가지이다. 저마다 백선생의 제자 군단인 듯 주방에서 앞치마를 두른다. 그 대열에서 살아남으려면 백선생의 눈치를 슬금슬금 살펴야 한다. 삶고, 튀기고, 조리고, 무치는 일이 세상사(世上事)와 같아서 먹고 사는 일도 부득불 '집밥'으로 승부를 거는 것이다. 그러므로 나는 허구한 날 '쿡방'을 통해 입맛을 다실 수밖에 없다.

어떻게 살아야 하는가. 어떻게 요리하면 살아남을 수 있겠는가. 경쟁 사회에서 살아남는다는 것은 또한 무엇을 의미하는지 자문자답하는 요즘이다. 잘 먹고 잘 사는, 이른바 '웰빙(well-being)'까지는 원하지 않는다. '집밥'의 열풍을 통해 입맛을 되찾듯이, 조선업의 장기 불황으로 흔들흔들하는 거제 지역 식구들을, 한 가족인 양 따뜻하게 품고 살아가자는 이야기이다. 그래야만 침체된 지역 상권도 회복되고, 더불어 살맛나는 세상이 될 수 있다. 이는 '집밥'을 그리워하며 오롯이 '밥심'으로만 살아가는 우리의 오랜 화두(話頭)이다.

난민이 되고 싶은 사람은 없다

시리아 내전(2011. 3~)도 벌써 4년 6개월째이다. 이로 인해 20여만 명이 숨졌으며, 자국민(2,300만 명)의 절반 이상이 '난민'이 된 채 지구상을 떠돈다. 이들 중 400여만 명이 국경을 넘어 시리아 땅을 탈출함에 따라 전쟁의 상흔도 날로 깊어지는 양상이다. 시리아 내전과 더불어 IS(이슬람 국가)의 침공의 여파로 '삶의 땅'으로서의 기능을 잃었는지 모른다. 한편으로는 생화학무기가 사용되고 테러를 일삼는 전쟁터로서 살아남기 어렵다는 반증인 셈이다.

우리는 시리아 땅에서 탈출하는 기나긴 행렬을 SNS 등 인터넷 세상을 통해 실시간으로 확인한다. 더불어 전쟁의 참혹한 현실을 잇달아 목격하면서 참을 수 없는 분노를 느낀다. 특히 터키 해변에서 숨진 채 발견된 3살배기 쿠르디의 사진 한 장은 전 세계를 애도의 물결로 출렁이게 했다. 이로써 난민지원구호단체에 기부금이 몰려들고, 시리아 분쟁에 무관심한 사람들의 마음까지 일제히 움직였다. 또한 난민 문제를 한낱 골칫덩어리로 여기던 유럽연합(EU), 미국 등 여러 나라의 국경이 열리는 등 인식의 변화가 생겨났다. 인도주의적 시각으로 구호 지원을 확대함은 물론, 생존권, 행복추구권 등 난민들도 인간답게 살아갈 권리가 있음도 각인시켰다.

이것은 지중해 저쪽 이야기만은 아니다. 한 시리아인은 "한국에서 난민으로 살고 싶다"는 인터뷰를 통해 난민의 지위를 얻기까지가 결코 쉽지 않음을 증언했다. 국내 거주하는 700여 명의 시리아 난민 중 '난민'으로 인정받은 사람은 고작 3명이고, 나머지는 모두 '인도적 체류자'였던 것이다. '난민'으로 인정받으면 사회 보장, 기초생활 보장 등 최소한의 생존권에 대한 보장을 받을 수 있다. 반면에 '인도적 체류자'는 정부의 승인 아래 취업은 가능하지만 최소한의 생활 보장, 즉 어떤 혜택도 지원도 받을 수가 없다. 그러므로 '난민'의 지위를 얻기 위해서는 인종, 종교, 국적, 또는 정치적 견해를 이유로 고국에서 보호를 받지 못한다는 사실을 증명해야 하는데, 실제로 그러기는 쉽지 않다고 토로했다.

법무부에 의하면, 지난 20년간(1994~) 한국에서 난민 심사를 받은 7천735명 중 난민으로 인정받은 자는 522명에 불과하다. 이는 난민 인정 비율 6.7%로서 유엔 난민협약국의 평균인 38%에 크게 못

미치는 수치이다. 이런 점을 감안한다면, 난민이면서도 지구상의 유일한 분단 국가인 한국에서 '난민' 인정 요건을 충족하기란 그만큼 어려운 모양이다.

아이러니한 일이다. 난민이 되고 싶은 사람이 어디 있겠는가. 부득불 난민이 되었을지라도 일촉즉발의 위기 상황에 놓인 분단 국가에 난민 신청을 한다는 것은 쉽지 않을 것이다. 하기야 한국은 세계 10위권을 넘보는 경제대국이라는 점에서 그런 문제와는 다른 차원으로 해석할 수 있다. 그렇지만 전쟁으로 인해 민간인이 더 이상 자국 땅에서 살지 못하고 탈출해 난민 신청을 하는 것을 무작정 외면해서는 안된다. 난민의 지위를 얻어야만 전쟁터에 남겨둔 가족을 초청하고 만날 수가 있다. 건강보험, 교육 등 기본생활권도 보장받고 그 나름의 꿈을 꾸며 정착할 수 있기 때문이다.

돌아다보면 우리도 한때 일제강점기, 6 · 25전쟁으로 인한 난민 시절이 있었다. 더욱이 일제강점기 때에는 망국민의 설움 속에 이국 땅을 전전하며 속울음을 삼켜야 했었다. 이름조차 생소한 간도, 연해주, 사할린, 만주 등지로 고아처럼 떠돌았던 기나 긴 설움이 우리의 아픈 역사 속에 고스란히 살아 있는 것이다. 그러므로 국제적인 이슈로 부각된 난민 수용 문제를 방관해서는 안 된다. 관심을 가져야 할 때이다. 동족간의 분쟁으로 비롯된 '시리아 난민' 사태와 우여곡절 끝에 열리는 '남북이산가족상봉' 행사가 우리에게는 하나의 의미로 해석되는 까닭이다.

남북으로 흩어진 이산 가족이 된 지도 어언 70년 세월이다. 한 달 후엔 망국의 설움, 분단의 아픔을 딛고 끝까지 살아남은, 가족을 위한 만남의 장이 열릴 예정이다. 이를 위해 남북 상호간에 상봉할 후보자의 생사확인 의뢰서를 판문점에서 교환한 바 있다. 초고속 인터넷 도입율 세계 1위를 자랑하는 한국임에도 혈육을 나눈 가족들이 부끄럽게도 빙빙 에둘러서 생사를 확인하는 모양새이다. 모진 세월 속에서 용케 살아남았지만 당첨되지 않으면 잠시라도 만날 수가 없는 실정이다. 1천만 이산 가족을 컴퓨터로 무작위 추첨함에 따라 당첨될 확률도 그만큼 희박한 게 사실이다.

어찌하랴. 생사확인의뢰서에 의하면, 우리 측은 80세 이상의 고령자가 73%이고, 북한 측은 96.5%이다. 이들 중에 최고령자가 103세인즉 더는 한가롭게 기다릴 수 있는 입장도 아니다. 여기에서 다시 20일간 의뢰자의 생사 확인 작업도 거쳐야 한다. 그러고서야 남북 각각 100명씩의 최종 상봉 대상자가 확정되는 기막힌 현실에 놓인 것이다.

남쪽이든 북쪽이든 누구든지 이산 가족이 되고 싶어서 된 사람은 없을 것이다. 시리아 난민(難民) 또한 마찬가지의 경우이다. 전쟁을 겪지 않고서는 생겨날 수 없는 난민이고 이산 가족이다. 그렇듯이 난민이 되고 싶은 사람은 없다. 지중해 저쪽에서 떠밀려온 '난민'의 소리에 귀를 기울이는 것도 무리는 아니다. 악착같이 살아남아도 만날 수가 없는 이산 가족의 현실이 너무 아픈 까닭이다.

죄인의 굴레

닮아도 무던히도 닮았다. 속이고 싶어도 속일 수 없는 것이 핏줄인 모양이다. 65년 만에 닮은꼴로 만난 가족들이 꺼이꺼이 울면서 서로 부둥켜안았다. 누가 먼저랄 것도 없다. 여든, 아흔을 넘긴 이산가족들이 휠체어나 구급차에 의존해 금강산 상봉장을 찾았다. 그들에게는 살아 있다는 것이 다시 만날 수 있음을 의미하는 까닭이다.

그런 만큼 혈연의 관계는 남남일 수가 없다. 남남으로 만난 사람도 만나고 싶을 때 만나야 한다. 길이 먼 것도 아니고 교통이 불편한 것도 아니다. 생사 여부가 궁금하면, 전화 한 통이면 가능한 세상이다. 언제 어디서든 영상으로 소통할 수 있는, 스마트폰 세상이 열린 지도 벌써 오래이다. 그런 점에서 산 사람이 못 만날 이유는 없다. 삼천리금수강산 어디에서든 살아 있어야 만날 수 있고, 만나야만 혈육의 정도 깊어지는 것이다.

이산 가족의 고령화는 빠르게 진행돼 상봉 신청자 중 매년 4천 여 명이 사망하는 실정이다. 70년 남북 분단의 벽을 허물기가 쉽지 않다. 그 벽을 허물어야 혈육 간의 정도 나눌 수가 있다. 6만 6천 명의 남측 이산 가족 생존자 중 절반 이상이 80대 이상의 고령자이다. 매회 상봉자는 백 명에 불과해 살아 있어도 만날 수 있는 확률은 턱없이 낮다. 그럼에도 불구하고 스무 번째 이어진 이산가족상봉행사는 1년 8개월 만에 열려 안타까운 모양새이다.

그날 상봉장에서 치매에 걸린 한 어머니(93세)는 그렇게 보고 싶던 아들(72세)을 눈앞에 두고도 누구인지 알지 못했다. 6 · 25전쟁 중에 북녘 땅에 두고 온 아들을 수십 년 만에 만났지만 인식할 수가 없었다. 뒤늦게야 정신이 돌아온 어머니는 아들을 알아보고 얼른 자신의 손가락에 낀 금반지를 빼냈다. 그러고는 그것을 아들에게 건넸다. '엄마를 기억하라'는 증표로 삼으라는 의미였다. 아이러니하게도 그 어머니는 헤어지는 순간에는 다시 그 아들을 기억하지 못했다.

그렇다고 어머니가 아들을 잊고 살 수는 없는 노릇이다. 다시 제 정신으로 돌아오는 순간엔 반지도 아들도 애타게 찾을 게 분명하다. 그때는 무어라 말할 것인가. 통일이 되면, 북녘땅 고향집에서 같이 살자고 한 손녀의 이야기를 대신 들려줄 수도 없을 것이다. 칠순 넘은 그 아들 또한 그 무렵에 어머니를 모시겠다고 단단히 약속한 채 북녘땅으로 한사코 멀어져 간 것이다.

기약할 수 있는 것이 무엇이겠는가. 6 · 25전쟁 당시 그 어머니는 10일 후를 기약하면서 아들을 북녘땅 친정집에 내맡긴 바 있다. 그럼에도 어머니는 65년 만에야 빙빙 에둘러서 극적으로 아들을 상봉한 것이다. 혼자서는 도무지 분단의 벽을 넘어설 수 없었던 그 어머니는 아들을 만나기 위해 남녘땅 이산 가족들과 663대 1의 높은 경쟁률을 뚫어야 했다. 이조차도 2박 3일간의 짧은 일정 속에 고작 12시간의 만남이 허용되었을 뿐이다.

그런가 하면 한 아버지(98세)는 아들(70세)과 65년 만에 상봉한 이후 130살까지 살아야 할 이유가 생겼다. 아들과 아버지가 엉겁결에 제각기 100살, 130살까지 살기로 약속한 것이다. 그래야만 살아 있는 날 동안 기적처럼 아들을 만날 수가 있어서이다. 얼굴은 물론이고 체형까지 꼭 빼닮은 부자지간이니, 만나고 또 만나야 하는 것은 지극히 당연한 일이다. 100살이 임박한 아버지는 아들 덕분에 앞으로 살날이 족히 30년이 남았으니, 보통 선물은 아닌 셈이다. 백수를 누리든 2백수를 누리든 혈연으로 맺어진 관계는 만나서 나눠야 할 정이 분명 따로 있어서이다.

그뿐이랴. 유복자로 태어난 한 아들(65세)은 살아 있는 아버지와 상봉해 큰절을 올리기도 했다. 돌아가신 줄로만 알고 홀어머니와 함께 40여 년간 아버지 제사를 지내면서 살았는데, 고인(故人)이 아니었다. 산 자도 죽은 자도 제대로 분간 못 한 그 아들은 그야말로 배은망덕한 자식인 셈이다. 그런 자식이 태어난 것조차 몰랐던 아버지 또한 누구를 원망할 수도 없다. 다만 65년 만에 다시 만난 아내가 안겨준 선물이 핏줄로 이어진 '아들'이었음에 고마울 뿐이다.

남과 북, 어디에서든 살아줘서 고마운 우리네 가족들이다. 부모형제로 이어지는 혈연 관계란 인위적으로 떼어 놓을 수 있는 것이 아니다. 이는 천륜으로서 누구에게나 마땅히 지키고 살아야 할 도리가 있다. 그럼에도 불구하고 하룻밤도 함께 자지 못한 채 남남처럼 다시 갈라져 냉정히 돌아섰다. 살기 위해 남북으로 분단된 가족들이 핏줄은 닮을 수밖에 없다는 사실만 확인한 채 멀어져간 것이다. 분단의 벽을 사이에 두고 악착같이 살아남아야 기적처럼 다시 또 만날 수가 있는 가족들인 셈이다.

모처럼 마련된 상봉장이 눈물바다로 넘쳐났으나 분단의 벽은 아직 허물어지지 않고 있다. 서신 교환은 물론 생사 확인조차 제대로 할 수 없는 현실이다. 65년 만에 만난 가족들이 세상을 떠난다고 해도 조문은커녕 제사조차 마음대로 오갈 수가 없다. 살아 있어도 살아 있는 것이 아니고, 죽었다고 해도 죽은 것이 아닌 모양새이다. 이를 남의 일인 양 뜬눈으로 가만히 지켜보고만 있는 나는 어쩔 수 없는 죄인이다.

제1선에서 지켜라

돌아다보니, 거제도는 아름다운 곳이 너무 많다. 여기저기 숨은 비경들이 사람들을 불러 모은다. 발길 닿는 곳곳마다 문화의 체취가 느껴지는 가운데 역사의 향기가 사뭇 남다르다. 그 중에서도 옥포만과 고현만은 오늘날 거제도의 숨은 저력을 고스란히 보여준다는 점에서 눈길을 끈다.

옥포만은 충무공 이순신 장군의 첫 승첩지로 유명하다. 이충무공은 옥포해전에서 왜군에 맞서 싸운 끝에 승전고를 울려 침몰 위기에 있던 나라(조선)를 구했다. 그 여세를 몰아 23전 23승으로 승승장구함에 따라 불패신화의 주인공으로 남아있다. 반면, 고현만은 17만 3천명의 포로가 수용된 포로수용소 유적지로 유명하다. 그 잔재가 군데군데 남아있어 전쟁의 상흔도 짙게 드리워진다.

또한 IMF 한파로 국가경제가 침몰 위기로 치달았을 때 거제도는 불빛이 꺼지지 않은 도시로 유명했다. 양대 조선사가 조선경기의 호황으로 숨은 저력을 과시했던 것이다. 이로써 수많은 실업자를 구제함은 물론 국가경제의 위기를 극복하는 단초로 작용했다. 그때 옥포만의 중심은 대우조선해양(1973~)이었고, 고현만의 중심은 삼성중공업(1974~)이었다.

양대 조선소는 창립 이후 40여 년간 거제지역 경제의 8할 이상을 책임졌을 정도로 중요하다. 세계 최고의 조선해양기술로 세계 최대의 조선해양강국으로 발돋움했음은 물론이다. 그 위상에 걸맞게 1인당 국민소득도 어느새 전국최고 수준(4만 달러)을 넘어선 상태다. 그런 만큼 대우조선해양과 삼성중공업이 차지하는 비중은 자못 크다. 조선해양관광도시로서의 입지를 단단히 굳힌 것이다.

그러나 오늘날 거제도는 조선해양산업의 장기불황으로 엄청난 몸살을 앓고 있다. 해양플랜트 사업 등으로 천문학적인 적자가 누적됨에 따라 소비심리가 얼어붙고 지역상권이 침체된 지 오래다. 구조조정의 한파가 몰아쳐 일자리를 잃은 사람들이 늘어나고 있다. 여기저기서 비상등이 깜빡이며 불안정한 기류가 형성되고 있다. 그마저도 꺼져버린다면 조선해양산업 역군으로서의 보람은 찾을 수 없을 것이다. 옥포만과 고현만의 뿌리 깊은 역사를 필자가 굳이 뒤적거리는 것도 거제사람의 숨은 저력을 다시 일깨우고 싶은 바람에서다.

불황으로 인한 피해가 확산되자 양대 조선소는 뼈를 깎는 심정으로 회생을 위한 자구책을 내놓았다. 거제시도 지역경제 활성화를 위한 발 빠른 대응책을 내놓았다. 학동케이블카 설치, 자연테마생태파크 조성 등 관광인프라를 구축하기 위한 행보가 그것이다. 이는 조선업에 집중된 거제경제의 구조를 다각화하려는 움직임으로 반가운 소식이다. 엊그제 착공식을 한 고현항 항만재개발사업도 지역경제를 살리기 위한 방안과 직결된다는 점에서 눈 여겨 봐야 한다. 서울 여의도 공원의 52%에 달하는 공원 · 녹지와 전용 자전거도로, 해안 산책로 등이 조성되고, 여객터미널, 마리나, 부두, 물양장 등 항만시설도 확충된다는 게 아닌가. 해양관광휴양도시로 발돋움하기 위한 거제시 미래성장동력의 한 축으로 작용함은 물론이다.

그러나 지금은 이순신 장군과 같은 리더십이 필요한 즈음이다. 옥포만에서 승전보를 울린 이순신이 그 여세를 몰아 23전 23승의 불패신화를 남겼듯이 조선 불황의 한파를 반드시 이겨내야 한다. 이겨본 자만이 이긴다고 하지 않던가. 이순신 장군의 불패신화로 거듭난 거제도는 '생명의 땅'이다. 무엇을 선택하든지 먼저 자기 자신과의 처절한 싸움에서 이겨내야 한다. 그래야만 불황을 극복할 수 있는 힘도 생겨나 지역 경제도 탄력을 받아 다시 정상 궤도에 진입할 수가 있다.

예로부터 거제는 '클 거(巨)'와 '구할 제(濟)'자로 하나의 큰 포용력을 상징한다. 거제사람은 크게 구하는 섬, 거제도'의 출발점이다. 장기불황으로 침몰할 위기에 처한 거제지역 경제를 살리는 주역은 따로 없다. 거제사람이면 누구나 감당해야 하는 몫이다. 더는 물러설 곳이 없다. 한번 밀리면 끝까지 밀린다. 거제사람 스스로 전략적 요충지가 되어야 한다. 최1선에서 나라를 지킨 이충무공처럼 악착같은 마음으로 난국을 헤쳐가야 한다. 우리에게는 아직 26만 명의 거제사람이 있지 않은가.